# La demande

Éditions Verdier
11220 Lagrasse

## Du même auteur

*L'Habituée*
Verdier, 1996

*La Demande*
Verdier, 1999

*Le Commandement*
Gallimard, 2001

*Le Lit de mer*
Gallimard, 2002

*Dans le temps qu'il marchait*
Laurence Teper, 2004

*La Robe bleue*
Verdier, 2004 (Verdier poche, 2007)

*Un été de glycine*
Verdier, 2005

*Artemisia et autres proses*
Laurence Teper, 2006

*L'Emprise*
Verdier, 2006

*Les Petites Terres*
Verdier, 2008

Michèle Desbordes

# La demande

*histoire*

Verdier/poche

alternance entre il
- et elle
- seule fois qu'on sait
son nom (Tassine)
- Comme les personnages
dans le theatre ?
- les paroles et les
descriptions
- pas de dialougue directe

editions-verdier.fr


ISBN : 978-2-37856-039-3
ISSN : 1952 2134

Il savait d'elle qu'elle s'appelait Tassine et qu'elle était native de la région, il n'aurait su lui donner d'âge, et encore moins dire si elle était jolie ou non, il la regardait attentivement avec l'air d'être ailleurs ; il la regardait sans la voir, c'est ce qu'elle finit par penser, et puis elle vit son visage s'animer, un vague sourire paraître sur les lèvres. Un mouvement vers elle. De l'intérêt ou une simple courtoisie, elle n'aurait su dire. Alors elle lui sourit à son tour.

Le vent se levait et un nuage passa devant le soleil, obscurcissant les falaises, le vert des grands ifs. D'un geste lent elle montra le jardin et la maison, puis le précéda dans le grand escalier. Ce fut tout ce jour-là au manoir de Clan, et il était fatigué du long voyage.

# Le dernier pays

*Ils étaient arrivés par les coteaux, par la route qui après les derniers villages et les vignes rejoignait le fleuve, de loin ils avaient vu les toits gris et la crête des falaises et plus bas entre les saules des pêcheurs sur une barque. Par les sentiers et le petit bois ils avaient longé le fleuve, ils allaient lentement et menaient leurs chevaux au pas, ils regardaient les eaux claires, presque bleues dans le soleil et de l'autre côté du fleuve la plaine immense. C'était un dimanche matin et les cloches sonnaient, joyeuses dans le ciel d'avril, dans le vent frais qui chassait les nuages vers la mer. Des villageois menaient leurs bêtes sur la rive. Derrière, du côté de la Sologne, ils entendaient les aboiements d'une meute.*

*Ils étaient cinq sur leurs chevaux, le plus jeune avait à peine vingt ans et des boucles jusqu'aux épaules, le plus vieux n'avait pas d'âge, un vieillard peut-être, dont la beauté attirait encore le regard, les yeux clairs dans le visage basané, le corps droit et svelte sous la pelisse de drap brun. Quiconque les aurait observés eût compris qu'ils avaient fait un long voyage, la fatigue marquait les visages et peut-être aussi une inquiétude, un désarroi, ceux d'étrangers venus de très loin.*

*Bientôt ils s'arrêtèrent et regardèrent le pays autour d'eux, après la forêt il paraissait immense, comme le ciel au-dessus des coteaux et de l'autre côté du fleuve vers les plaines, d'un geste large le vieillard leur montrait sans rien dire, peut-être pensaient-ils à la plaine lombarde et aux couleurs du ciel le soir sur le Pô, l'heure n'était pas aux paroles, ils se taisaient, élèves et serviteur, attendaient sur les chevaux, le vieillard comprenait, lui-même n'avait rien à dire et ne dirait rien, ni la fatigue ni les jours difficiles qu'ils venaient de vivre, la route si longue vers l'exil, les soixante et treize jours sur leurs chevaux dans la pluie et le froid des montagnes.*

*Ils avaient attendu que passe le plus dur de l'hiver et n'étaient partis qu'en février, sans escorte ni voiture jusqu'à Lyon, ainsi en avait-il décidé. Cette année-là un vent glacial avait soufflé des sommets, les premiers jours de Milan au col du mont Genèvre ils avaient été pleins de vaillance et malgré la crainte avaient hâte d'arriver aux montagnes, lui sans doute plus que les autres, c'était avant les grandes pluies, ils menaient les chevaux au petit trot, le soir dans les auberges s'at-*

*tardaient avec les muletiers tandis qu'ils desserraient les sangles et promenaient les bêtes harassées, lavaient les bouches et les poitrails, heureux d'arriver à l'étape ils riaient encore et restaient dans les cours avant de s'attabler près des feux avec les marchands et les pèlerins, les serviteurs qui menaient à Turin et Genève les chevaux des maîtres, ils parlaient des sommets et de l'hiver qui n'en finissait pas, des chemins difficiles et des bêtes fourbues, des femmes de Milan les plus belles d'Italie.*

*Bientôt il avait plu, trois semaines d'affilée, et les chevaux s'étaient fatigués, ils refusaient de boire et de manger, ils observaient les paupières gonflées et les yeux tristes, mettaient du sel dans le premier picotin et lavaient avec du vinaigre les bouches échauffées, ils observaient les chevaux, guettaient anxieux le moment où ils frapperaient du pied et flaireraient la terre des naseaux, tout devenait danger et parfois il leur semblait que la mort rôdait, guettant les hommes et les bêtes et le monde autour d'eux. À dire vrai la tristesse était là, même si certains jours la douceur de l'air ou le bleu du ciel disaient autre chose. Avec lui ils quittaient leur pays, pour un temps qu'ils ignoraient, le vieillard disait qu'il ne reviendrait pas, qu'il mourrait chez les étrangers, le soir dans les auberges ils restaient à l'écart et soupaient sans rien dire, ne pensant qu'au moment où ils iraient dormir, ignorants des vins et des chambrières, sales et fourbus ils montaient dans les chambres avec leurs draps et leurs couvertures, les peaux qu'ils étendaient sur la plume, on leur donnait la chambre neuve, la chambre blanche ou la chambre Sainte-Catherine, sans plus rien dire et sans même se regarder ils s'affalaient sur les lits.*

*Quand deux chevaux s'étaient blessés sur un sentier de roche ils avaient dû s'en séparer, ainsi avaient-ils abandonné le Sicilien qu'ils avaient depuis bientôt sept ans et le moreau qu'avait donné Borgia, plus vaillantes les mules portaient les caisses, tout ce que le vieillard possédait de biens transportables, et les trois tableaux dont il ne se séparait plus ainsi que la litière où par moments il prenait place, plusieurs fois après la Maurienne il renonça à monter sa bête, il faisait froid et il se sentait misérable.*

*Il ne reviendrait pas, il ne referait pas le chemin, les soixante et treize jours dans la pluie et le froid des montagnes où quand l'orage menaçait ils faisaient halte dans les refuges et les sanctuaires, et les soirs où égarés par le brouillard ils ne trouvaient rien, sous la tente qu'ils dressaient à la hâte, ainsi dormaient-ils à même le sol dans les manteaux et les couvertures de soie, quand ils ne passaient pas la nuit à attendre le sommeil qui ne venait plus. Pendant soixante et treize jours ils avaient vécu sur les chevaux, pensé, souffert, considéré le monde sur les chevaux, n'en descendant que pour manger, pisser et dormir, ou quand les pieds se refroidissaient marcher pour réchauffer le sang, avec l'ignorance à chaque instant de l'instant qui venait, si ce n'est le rythme vite familier du courage et des fatigues, la misère à sentir le froid et l'humidité des hauteurs, à se dire qu'au matin à peine reposés ils repartiraient dans les pluies et le brouillard, qu'ils s'en allaient, s'en allaient.*

*Et sans doute encore plus de misère à penser aux jours d'avant et aux adieux, aux visages qu'ils ne reverraient plus, aux villes et aux collines en Toscane, les derniers temps les regards se cherchaient puis bientôt se détournaient, parfois même on plaisantait et on riait, les départs et les séparations n'étaient pas choses nouvelles, il avait toujours fallu partir, chercher ailleurs de nouveaux maîtres, avec les élèves il avait parcouru l'Italie sur ses chevaux, connu toutes les cours et tout ce que le pays comptait de seigneurs, peint des fresques pour leurs églises et le portrait des femmes qu'ils aimaient, imaginé arcades et colonnes pour leurs palais, costumes et livrées pour leurs noces, sans parler des canons et des bombardes, et des fortifications contre l'ennemi quand les guerres étaient arrivées, parfois les protecteurs mouraient ou bien le corps s'épuisait de fièvres et d'études, de tristesses nouvelles, la vie se défaisait. Jusqu'au vertige, à l'amertume – et encore fallait-il qu'aux pires moments un roi étranger ait fait appel à lui et l'ait prié d'entrer à son service, à sa cour milanaise puis à sa cour de France, et que chaque fois qu'il l'en priait il ait, lui le peintre-sculpteur-architecte-ingénieur et bien qu'on lui offrît demeure et rentes princières, paru ignorer sa demande, soucieux de décider comme il convenait des dernières années, attisant de la sorte le désir royal, l'exacerbant sans calcul ni fierté, acceptant pour finir et faisant savoir au roi étranger qui offrait rente, manoir et domestiques qu'il acceptait pour lui et les élèves son invitation très généreuse et ferait de son mieux pour le satisfaire.*

*À la mi-avril le ciel s'était éclairci, entre les nuages ils avaient vu paraître des lambeaux de bleu lavés de pluies, à eux seuls ils avaient redonné courage, ils quittaient les bastions et les grandes cluses pour le bas pays, jour après jour voyaient les troupeaux sortir des étables, parfois une vigne apparaissait sur un coteau ou des mûriers au flanc d'une montagne. Le dernier soir dans la vallée de l'Arve ils avaient soupé de perdrix, de poulets et de céleris puis de pommes aux biscuits, le tout arrosé d'un vin de pays qui leur avait chauffé le sang, ils avaient plaisanté et oublié les jours difficiles, ils en étaient à la moitié du voyage, ils avaient parlé du froid et des sentiers à flanc de précipice et de ceux qui avaient passé les montagnes avec leurs armées, d'Hannibal venu jusqu'ici avec les soldats d'Afrique et les éléphants habitués à la douceur des savanes, et comment ayant gravi les pentes glacées, fourbus, désespérés et sans plus rien voir du monde autour d'eux les soldats d'Afrique s'étaient couchés sur le sol, un par un s'étaient allongés dans la neige. Dure. Froide. Inconnue. Ils avaient parlé des Français qui allaient reprendre leurs couronnes d'Italie et passaient les montagnes sur leurs petits chevaux, ignorant les ravins sur lesquels ils jetaient des ponts, avançant jusqu'aux plaines des Saluces avec les attelages et les canons et les courtisanes sur les mules, les filles du Limousin qui avec eux iraient jusqu'au bout, mourraient les unes après les autres de la maladie des soldats, suant sous le fard et les taffetas salis par les longues chevauchées, les habits de France dans lesquels elles avaient passé les montagnes, c'était en juin dans la baie de Naples.*

*À Lyon on était venu à leur rencontre, d'autres chevaux et la voiture envoyée par le roi pour qu'il s'y reposât, ils y étaient pour Pâques aux foires de printemps, la foule était nombreuse et les rues pleines d'étrangers, il voulait rencontrer les Italiens de la ville, chercher des livres chez les libraires, mais il y avait tant de monde et les rues étaient si obscures et boueuses que bientôt il avait demandé qu'on en partît. Des quais de la Saône après la pluie ils avaient regardé une dernière fois du côté de l'Italie puis avaient continué par les montagnes, les vallées sombres qui menaient à l'autre fleuve, à Roanne ils avaient regardé les maisons blanches et les barques à fond plat, elles allaient jusqu'à Orléans, ils avaient pris par les plaines, à petites journées par les chemins de traverse pour éviter le vent, cela les avait encore retardés, par Moulins et Bourges ils avaient gagné la Sologne, les basses terres, forêts, labours et chènevières. Le soir à Romorantin le soleil était apparu et la forêt s'était colorée doucement, les arbres faisaient leurs feuilles, la lumière irisait la frange incertaine des futaies, un instant il avait oublié qui il était et d'où il venait, il regardait le nouveau pays, s'approchait de l'inconnu.*

*La grand-messe s'achevait, du pont sur l'île ils virent l'église se vider, les cloches sonnèrent encore plus fort, accompagnant le soleil et la gaieté du ciel bleu, ils regardèrent le palais, trois hommes à cheval qui par les tours gagnaient les terrasses. Le château se déployait sur la falaise, galeries et pinacles, terrasses et longues allées, les Français voulaient pour eux les beautés de Naples et de Florence, les voulaient dans la hâte et l'urgence, à leur demande faiseurs de châteaux et jardiniers, orfèvres, stucateurs et tailleurs d'albâtre avaient passé les Alpes. Tandis que les bois tout autour étaient devenus jardins hauts et jardins bas, pergolas et parterres de poiriers, guigniers et mûriers blancs, les manouvriers et les maçons du bord du fleuve avaient sous le commandement des Italiens bâti les plus belles demeures qu'on ait vues dans le pays, travaillant chaque nuit à la lumière des chandelles et l'hiver faisant des feux pour dégeler les pierres.*

*Ils regardèrent les eaux brillantes presque bleues sous le ciel, le fleuve tranquille où les rois s'arrêtaient et ordonnaient qu'on construisît leurs maisons, voyaient l'été le soleil se coucher sur des sables aussi clairs que ceux de la mer, une coulée bienheureuse au milieu du pays, impensable ailleurs qu'ici où la mesure semblait avoir été inventée pour ordonner et rassurer, apaiser désordres et tourments. Villages et bonnes villes oubliaient les guerres et les temps difficiles, les soldats qui sur leurs petits chevaux gagnaient l'Italie où l'hiver à la lumière des torches ils pénétraient dans les villes inconnues, et le soir sous les tentes attrapaient le mal de Naples.*

*Les trois cavaliers atteignaient les hauts du palais, ils les virent avancer sur les remparts, casques et arquebuses brillant dans le soleil. Il regarda Fanfoïa, Melzi et Salaï les élèves, et derrière eux les mulets qui portaient les caisses et les tableaux, il demanda qu'on reprît la route jusqu'au manoir de Clan. Ils longèrent le bas du fort et à gauche après l'église prirent à travers bois sur la falaise. Entouré d'une brume pâle le soleil montait au-dessus du fleuve, bientôt derrière eux d'une longue, immobile tache claire il atteignait le clocher de l'église. Il était à peine onze heures.*

# La demande

C'est à peine s'ils la virent en entrant, elle lavait dans les cours, allait et venait le long des murs avec les seaux et les linges mouillés, tordus d'un coup de poignet, petite, tout habillée de gris, seul brillait le blanc de la coiffe, elle jetait l'eau sur les pavés puis repartait au puits tandis que le soleil montait dans le ciel, atteignait le haut des chênes. Elle avait entendu les chevaux sur le chemin, et quand ils passèrent les dernières maisons les aboiements des chiens derrière les murs, les voix à l'approche de la demeure, étrangères, sonores dans le ciel clair de printemps, midi approchait. Elle les attendait depuis longtemps, les attendait chaque jour en vérité, depuis Lyon et Romorantin le message était venu jusqu'ici, ils n'allaient pas tarder, c'était une affaire de jours, ils seraient là pour le dernier dimanche d'avril. Elle avait lavé, dépoussiéré, répandu la bruyère à pleines brassées sur le sol, organisé et prévu la tâche qui lui revenait, le manoir n'était pas un château mais était assez grand pour qu'on s'y occupât du lever au coucher du soleil et sans doute davantage, cuisine, chambres basses et chambres hautes, cellier, galerie du parc et de l'autre côté des terrasses, l'écurie, les remises et la bûcherie, bois et charbon pour la cuisine, bois de fourrière pour les chambres. Tranquille et patiente elle avait attendu, n'avait rien imaginé du maître qui arrivait ni de ceux qui l'accompagnaient. Depuis plus de vingt ans elle travaillait dans les maisons du fleuve.

Elle les vit passer la grande porte, les élèves puis le vieillard, puis les mules avec les coffres et les couvertures et tout ce qu'ils apportaient d'Italie. Eux c'est à peine s'ils la virent, elle traversait la terrasse du côté des écuries, longeait les murs un seau dans chaque main, devant la galerie elle s'arrêtait, posait les seaux et les regardait. Elle regardait le vieillard et les élèves, le serviteur, se redressait et d'une main relevant une mèche tombée de la coiffe venait vers eux à petits pas dans les futaines grises, le soleil tombait sur les ifs et le buis des terrasses, derrière elle blanchissait le sable des allées. Plus bas contre une barrière un âne broutait l'herbe. Elle sourit sans rien dire, les précéda dans la demeure.

Ils regardèrent les jardins et les terrasses, regardèrent la servante, par la galerie ils allèrent aux chambres et se reposèrent. Le serviteur donnait à boire aux chevaux et les promenait par la bride, plus tard il déchargeait les mules, défaisait les affaires du maître, les élèves venaient le rejoindre, ensemble ils parlaient longtemps.

Sous les arbres ils entendaient la rivière, obscure et fraîche au creux du coteau, les soirs sans vent ils l'entendaient rouler sur les cailloux, un bruit clair, apaisant. Pour la rivière et les grands arbres, les falaises blanches qui filaient vers le château, ils disaient qu'ils aimaient la maison. Quand le soleil déclinait ils voyaient sur la pierre la lumière faire trembler la couleur, calmement, minute après minute la falaise qui blondissait. Ils restaient dans les jardins et sur les terrasses. C'est à peine si le temps passait. Il leur semblait qu'ils ne finissaient pas d'arriver, de quitter l'Italie.

Elle les regardait attentive, ils surprenaient le regard sur eux, sans méfiance, le regard simplement curieux et craintif. Elle observait le vieillard aux yeux clairs, il la regardait, souriait sans rien dire. Il se reposait et hormis deux ou trois visites aux Italiens de la ville et des promenades au bord du fleuve sortait peu, les jours de soleil il marchait dans le parc ou sur les terrasses ou bien ordonnait qu'on installât une table dehors, il écrivait, regardait les arbres dans les allées, dessinait, il faisait beau, les nuages filaient sur les coteaux, clairs, rapides dans le bas du ciel. De temps à autre quelqu'un élève ou serviteur arrivait avec de l'encre, des plumes et du papier, puis il demandait qu'on sortît les chevaux, le genet, le moreau noir et la jument haquenée. Assis sur la terrasse il dessinait les chevaux. Plus tard il rentrait, retrouvait les élèves à l'atelier, ils exécutaient à sa manière le portrait d'une femme ou un ange pour une chapelle, ils parlaient de mains et de lumière, il corrigeait un contour, un regard paupières baissées, rehaussait une ombre. De tous ces jours-là ils ne disaient rien d'autre, s'habituaient au nouveau pays. Un peu avant le souper, ils descendaient à la cuisine, ils la trouvaient à la grande table, elle épluchait des choux et des raves, des légumes pour le lendemain, hachait des oignons dans une corbeille. Ils lui faisaient leurs compliments et s'installaient autour du feu, se taisaient un moment puis commençaient à parler, entre eux à voix douce et chantante cette langue qu'elle ne comprenait pas, elle les regardait sans rien dire, sans même paraître les voir, souriait doucement, d'un mouvement d'épaules elle se détournait, regardait par les fenêtres.

Une paysanne, c'est ce qu'on leur avait dit, et venue des tourbières, plus bas après la première forêt, de celles qui servaient dans les maisons du fleuve, avaient toujours servi, à peine grandies travaillaient aux récoltes, faucillaient le foin ou le jonc des étangs, rouissaient le chanvre et s'occupaient des bêtes, le soir dans les masures filaient et tissaient sans rien dire, si ce n'est l'hiver aux veillées et encore dans ces forêts on était peu bavard, de bonne heure on apprenait à se taire. Elle était petite et frêle, comme une enfant se dirent-ils, le visage était fin et le nez délicat sous le grand front, rien ne disait qu'elle venait des étangs et des basses terres, de ces hameaux où bien avant la nuit granges et masures et petits bois à l'entour s'enfouissaient dans les brouillards, les fumées blanches qui montaient des labours, et les bruits mêmes dans la lumière grise, la nuit avancée. Les cheveux avaient dû être blonds, l'étaient peut-être encore sous la coiffe d'où émergeait au travers d'une mousse claire, un léger friselis, une mèche lissée sur la tempe, elle devait avoir quarante ans, quarante-cinq peut-être, elle-même l'ignorait.

Elle préparait pour eux carpes et lamproies, petits brochets du fleuve, anguilles qu'elle écorchait, retournait comme un gant, leur servait melons, figues et citrons comme en Italie, elle sur son coin de table mangeait sa soupe de légumes ou d'avoine, son lait caillé, d'une main relevant l'écuelle et de l'autre piochant avec la cuiller, elle mangeait sans bruit, pas même le tintement de la cuiller contre l'étain ou le bruit du verre qu'elle vidait à petites gorgées et reposait sur la table. S'ils lui proposaient de souper avec eux elle assurait que cela n'était pas nécessaire et qu'ils ne devaient pas se soucier d'elle. Ainsi continua-t-elle de faire, quand ils arrivaient elle achevait son repas, et quand elle l'avait achevé restait encore un moment, épaules basses et tête baissée, immobile un dernier instant comme s'ils n'avaient pas été là, ou comme si eux-mêmes à leur tour l'avaient ignorée.

Quand vêpres sonnaient elle se levait et dressait le couvert, elle allait au coffre et tirait la nappe, d'un grand geste la déroulait sur la table, du revers de la main la lissait, posait les verres et les écuelles, les gestes étaient précis, mesurés, les yeux baissés et le silence faisaient penser à l'application et l'inquiétude, ils sentaient l'épreuve, le souci de bien faire, tragique et sans mesure. Ils disaient ce qu'ils aimaient, pâtes légères, poissons et vins de petit cru. D'un imperceptible glissement des hanches dans un bruit d'étoffes rêches elle s'inclinait devant eux. Un dernier rayon de soleil effleurait le sol, juste devant le foyer un étroit, tranquille faisceau de lumière blonde, une douceur, une paix dans la tombée du jour, un acquiescement à la nuit qui venait, à la solitude, dans le soleil qui se couchait ils voyaient juste au-dessus de la tempe s'éteindre le blanc de la coiffe, quand l'heure venait de les servir elle se retournait et disait doucement Messer, d'un appui du poing sur la jambe il se levait et suivi des élèves s'approchait de la table.

Ils se regardaient, parfois le regard se détournait pour mieux voir. Les élèves étaient d'une grande beauté, l'aîné parlait avec le maître, vivement et avec de grands gestes, ses yeux brillaient dans la pénombre. Elle regardait les élèves, le vieillard aux yeux clairs, les servait sans rien dire. Venait vers eux en baissant les paupières.

Quand ils lui parlaient, de la ville et du pays ou du souper qu'elle leur servait, elle répondait d'une phrase vite dite et à voix basse, puis rougissait, tempes et front, les yeux rivés à l'ouvrage comme à ce qui protège, l'horizon à ne pas perdre de vue, ils observaient les yeux brillants et les paupières baissées, la veine qui palpitait à même la peau, juste au-dessus du col de la robe, imaginaient la gorge fanée sous la futaine. Elle n'avait pas d'âge. Des chiens aboyaient, doucement elle sursautait, regardait par la fenêtre. Le soleil disparaissait derrière les tilleuls de l'allée, il effleurait un instant le bord de la table, et le tablier relevé sur la hanche, le bras clair.

Ils tardaient à monter dans les chambres, et souvent bien après que la nuit fut tombée s'attardaient autour des feux, ou sortaient sur les terrasses quand avec la douceur du vent, et les nuages clairs, ils sentaient venir les beaux jours. Ils parlaient du pays et des gens d'ici, de la lumière au-dessus du fleuve. Ils la questionnaient sur le fleuve et les bords du fleuve, et la forêt qui prenait après les coteaux, les routes qui par là menaient aux tourbières, lentement, et cherchant leurs mots, parfois c'était comme s'ils chantaient, ils préparaient les voyages, disaient qu'ils allaient parcourir le pays, du nord au sud et par l'est jusqu'à l'autre fleuve, aller à Romorantin où le château devait être refait et de là jusqu'à Bourges, par la forêt et les basses terres. Il fallait assécher le pays entre les fleuves et faire s'écouler les eaux troubles dans des fossés, ailleurs irriguer les terres pour les blés, amener la Loire jusqu'à Chambord et y bâtir un château pour les chasses du roi et des deux reines, ce n'était pas pour des portraits ou des fresques dans leurs chapelles qu'ils l'avaient fait venir, lui qui ne désirait plus rien, ne demandait plus rien à personne et avait tellement usé ses yeux à l'étude que certains soirs c'est à peine s'il y voyait, c'était pour qu'il portât sur eux le regard dont ils avaient besoin et leur dît la manière de faire, leur assurât la perfection des colonnades et des coupoles, et des statues encore plus belles que mille ans auparavant celles des jardins d'Étrurie, lui demandant ce qu'ils ne demandaient jamais qu'aux Italiens, la beauté et plus encore que la beauté, la certitude de la beauté. En échange de la demeure et du parc et de la rivière tout en bas, en échange de leur admiration et de leur infinie bienveillance – et tout l'honneur était pour eux disaient-ils – il imaginerait les châteaux et les escaliers, étudierait les façades et la profondeur des jardins, les fossés, les moulins, quatre à l'entrée de la ville, quatre à la sortie, le tracé des rivières, les canaux entre les rivières et comment avec des écluses élever le niveau du fleuve puis faire se perdre les courants, prévoirait les digues au travers des eaux et que les eaux à l'endroit de leur chute déposassent leurs sédiments. Il partirait avec les élèves, parcourrait le pays comme il avait parcouru l'Émilie et la Romagne, l'Ombrie et la vallée du Tibre, dessinant, calculant, dressant cartes et plans, peignant s'il restait du temps, ils servaient, avaient toujours servi, chacun à sa manière même les plus grands, à douze ans dans les *botteghe* ils gâchaient le plâtre, pilaient la terre, l'ambre et les poudres, manches retroussées, bariolées dans les robes qui leur battaient les mollets, ils allaient et venaient entre la chaux l'or et les stucs, l'argent des Alpes, ensemble comme dans les chants qu'ils entendaient le soir depuis la Seigneurie ils figuraient l'ange de l'Annonciation, fondaient les cloches de Pistoïa ou sculptaient dans le bronze la chevelure de David, le soir partaient en ville livrer les portraits et le cimier des casques, le plateau des accouchées. Fils de paysans, de bouchers et de tanneurs, qui bientôt maîtres des perspectives et des peintures *a fresco* exécutaient sans rien dire ce que les maîtres, les vrais, commandaient pour leurs palais, leurs rêves fous, interdisant qu'ils fissent quoi que ce fût de leur invention, ordonnant et décidant de tout, de ce côté-ci la vierge dans une robe cramoisie fourrée d'or vert, et de l'autre les saints et les anges, et derrière eux les toits et les colonnades de la ville, les frontons et les portiques très exactement reproduits, ils peignaient les beaux visages et les chevelures dénouées, les grandes batailles et le corps brillant des grands chevaux, et cette histoire de l'homme-dieu où tout toujours recommençait du désir et du châtiment, ils exécutaient, offraient la gloire et la beauté, parfois et sans même le savoir d'un trait, d'un geste attisaient le rêve, ces au-delà sans nom où l'homme régnait si beau sous les voûtes des chapelles, nu, troublant comme le dieu qui du doigt lui donnait vie, quand ils mouraient on parlait d'eux, le maître Giotto et le maître Masaccio et le maître Alberti, et le maître della Francesca. Quand ils avaient fini ils décoraient les chambres des maîtres et organisaient leurs fêtes et leurs funérailles, eux ce qu'ils avaient à dire ils ne le disaient pas, attendant et attendant encore, des années et la mort les prenait de court, ils ne le diraient pas, ne le diraient jamais, ainsi allaient les choses, ils tendaient de noir les chambres des palais, organisaient les chagrins, rassemblaient autour des mortes les moires et les satins et tous les ors de la création, tant et tant que les ambassadeurs s'en émerveillaient, vraiment ce qu'ils voyaient en Italie dépassait en splendeur toutes les imaginations, des jours et des jours cavaliers et chevaux parcouraient la ville, et les suivaient avec cierges et flambeaux les enguenillés des faubourgs, dans d'autres rues ou les mêmes que celles où les années de peste eux – leurs fils ou leurs pères – s'entassaient aux portes des maisons dans la chaleur accablante des étés, jusqu'à ce que décomposés bien au-delà de la charogne à pleines pelletées les charrettes viennent les ramasser. Parfois abandonnant les fêtes et les chapelles, les hommes et les dieux au corps troublant ou les vierges dans leurs velours et leurs taffetas cramoisis, ils allaient chercher d'autres maîtres, dans d'autres pays et d'autres villes où tout recommencerait. Tout recommençait toujours des choses annoncées. Il n'y aurait jamais que la mort pour y mettre fin.

Il y avait des soirs où ils se taisaient, d'autres où ils parlaient fort, quelque chose dans la voix qui disait l'étonnement ou le désarroi, et puis de longs silences, ou bien l'aîné des élèves apostrophait le maître, la voix rauque et chantante, se levait et marchait autour de lui, sans rien dire le maître écoutait, tandis qu'ils parlaient il la regardait, observait comme à son tour elle se tournait vers eux. Le regard était furtif et cherchait à savoir, l'instant d'après se dérobait, d'autres fois elle continuait à ne pas les voir, assise sur son tabouret elle frottait d'ail et de civette son pain d'orge, mangeait en silence, droite et genoux serrés sous les larges plis, dans le creux de l'étoffe ils voyaient l'ombre bleue, et au milieu de l'ombre le quignon de pain, plus tard d'un froissement de jupes elle s'approchait et tendait une pomme sortie du feu ou un verre de vin clairet. Parfois elle les laissait dans la cuisine, et prenait le frais sur le banc devant les buis, le vent tombait et le ciel au-dessus du fleuve s'épaississait, lourd et gris, le bruit des chevaux venait jusqu'à eux, il y en avait quatre à l'écurie et deux juments qui vieillissaient, la fauve et la poil-de-souris, ils devaient partir pour les bourgs de la forêt en chercher d'autres. Eux parlaient encore.

Il regardait le pays et les couleurs du ciel au-dessus du fleuve, une dernière fois cherchait la grandeur, la beauté, imaginait sur les falaises blanches des villas comme en Toscane, la profondeur infinie des terrasses. Des journées entières retiré à l'atelier où il demandait qu'on ne le dérangeât point, il imaginait un escalier, le plus haut et le plus large qu'on ait jamais vu, où chacun pourrait monter et descendre sans apercevoir quiconque ferait de même. Parfois le bras, les doigts n'obéissaient plus, se crispaient paralysés sur les crayons. D'autres fois la main tremblait, se dérobait. Il expliquait aux élèves, ils dessinaient ce qu'il disait. Le soir quand ils dormaient il regardait les dessins. Corrigeait. Reprenait l'idée. À l'encre, à la mine de plomb, à la pierre noire, épaississant le trait, rectifiant le calcul. Dans les marges ajoutait un commentaire, une idée.

Des Italiens venaient, ils taillaient le château dans le bois, figuraient les arcades, les escaliers et les toits posés sur les terrasses. À Milan il avait imaginé le château neuf, ponts, dômes et coupoles, trois longs rangs d'arcades posés les uns au-dessus des autres, escaliers majestueux et toits sur les terrasses, profonds, incrustés d'ardoises blanches et vertes, marbres antiques, jardins d'orangers et de cédratiers, le roi approuvait et parlait de la Chartreuse à Pavie ou de Poggio Reale près de Naples. Les travaux commenceraient avant la fin de l'année, architectes, maçons et tailleurs de pierre étaient convoqués dans les tourbières. Le rêve, fleuve et canaux, palais de pierre blanche, brillerait bientôt sous le soleil, fêtes et mascarades, processions de bateaux, cuivres sonnant haut et fort les règnes et les fastes, les souverains tenaient de Dieu leurs gloires et leurs plaisirs, deux cent quinze chambres pour aimer, pas une de moins, il nota qu'on pouvait retenir l'eau au-dessus de la ville, amener le fleuve depuis Villefranche, cela pouvant être fait par les habitants du lieu. Les poutres des maisons seraient charriées par bateaux jusqu'à Romorantin et le fleuve endigué assez haut pour qu'on pût, par une pente aisée le faire descendre sur plusieurs lieues jusqu'à la ville.

Le soleil montait dans le ciel, touchait le haut des grands ifs, bientôt baignait la cour de lumière, accroupie sur ses talons elle lavait les marmites avec le sable qu'elle tirait d'une bassine, il sortait, se retournait vers les fonds de la maison et demandait qu'on préparât le cheval, puis descendait aux écuries.

Il s'éloignait au pas sur le genet par le chemin des falaises, les bois d'acacias des hauts de la ville. Il allait retrouver le roi, lui donner son avis sur le rêve de gloire et les châteaux à construire, le fleuve à détourner de son cours. Certains jours de ciel clair, la table était disposée près des fenêtres et ils regardaient l'île plantée de peupliers et tout autour le fleuve si large qu'on aurait dit deux fleuves coulant l'un près de l'autre, l'île s'appelait l'île d'Or, à cause de la lumière soir et matin dans l'eau du fleuve. Ou bien il chevauchait une heure ou deux vers Montlouis et Chaumont, il regardait le fleuve, la lumière pâle, irisée, les eaux certains jours presque immobiles, comme arrêtées, prises dans un gris où brillaient des ors légers, insondables, un enfant courait sur le chemin en chantant, d'un pied sur l'autre, chantait, éperdument, seul comptait l'instant, les bonheurs entrevus d'un coup, aussi forts, aussi fous que les bonheurs d'amour.

Au retour un peu avant la ville il descendait de son cheval, détachait la bouteille d'encre accrochée à la selle, assis dans l'herbe il dessinait, l'île et les grèves, plus bas vers le couchant l'endroit où le ciel rejoignait le fleuve, l'horizon pâle lissé par la brume, l'or gris dans le fleuve. Plus tard quand arrivait l'émotion, il ne pouvait savoir si c'était ce qu'il voyait ou la mort que maintenant sans rien dire, chaque soir à la même heure, il sentait venir.

Lorsqu'il rentrait elle était dehors sur un banc, elle avait l'air d'attendre. Ou bien elle était sortie, pour le soir de printemps et le vent tiède. Comment savoir, c'est à peine si elle tournait la tête quand il arrivait, elle ravaudait une chemise ou un petit drap, reprisait une chausse, elle le regardait puis baissait les yeux comme si déjà elle l'ignorait, il traversait la terrasse d'un pas lourd, chancelant, la démarche vaguement erratique de ceux qui chevauchaient des jours entiers. Il arrivait près d'elle et la saluait en passant, parlait à l'élève Melzi ou à l'élève Salaï, à Battista, ils menaient le cheval à l'abreuvoir. Le soir tombait sur les terrasses, l'air sentait le buis. L'instant qui suivait, sans même qu'ils l'aient vue se lever, elle était devant la cheminée et tirait le chaudron du feu. Le couvert était mis depuis longtemps. Elle disait qu'elle était prête.

Tout le printemps et jusqu'aux derniers jours de juin ils entendirent les grandes chasses, plus loin dans la forêt on avait tendu les toiles et on courait le chevreuil, meutes et loups-cerviers, archers du roi, chariots portant les tentes que le soir les valets dressaient dans les clairières. Avec le vent le bruit des meutes se rapprochait, ils entendaient les chiens, les bêtes aux abois. Elle sortait et regardait vers les coteaux, le haut des vallées, elle disait que parfois les bêtes fuyaient jusqu'ici, traversaient les vignes, cherchaient les halliers du bord du fleuve.

Quand ils demandaient elle disait les nouvelles de la ville, parlait de ceux qui s'étaient fait mauvaise renommée et pour qui devant l'église on dressait la potence, empoisonneurs de puits, tueuses d'enfants. Du côté de Saint-Denis on avait traîné derrière une carriole un voleur de mule et pour finir on l'avait fouetté devant l'église. Elle n'élevait pas la voix, parlait du bonheur et du malheur de la même tranquille façon. Parfois elle s'essoufflait à dire les choses, malade d'amour une dame de Montlouis s'était abîmée avec taffetas et colliers d'or dans les fonds du fleuve.

Il partait pour la forêt avec l'élève Salaï et l'élève Melzi, l'élève Fanfoïa, parcourait avec eux les landes et les tourbières, étudiait le cours des rivières, l'élève Melzi parlait le français, expliquait les cartes et les livres et ce que disaient les paysans au bord des chemins, ils mirent onze jours à traverser la forêt et onze jours les plaines et les collines vers Bourges, Nevers et Mâcon, le temps était beau, ils chevauchaient dans les bois et les halliers, s'arrêtaient au bord des étangs, au retour ils s'attardaient sur les places des villages, regardaient les vierges et l'histoire des saints dans les églises. Quand ils revenaient ils dessinaient des châteaux, les canaux qui relieraient la Saône à la Loire, la région entre les fleuves, ville après ville, colline après colline. Ils parlaient des tourbières et des marais, racontaient leur voyage, elle les écoutait, les marais elle connaissait, le soir à cinq heures les fumées bleues qui montaient des terres et les pas qui s'enfonçaient dans l'herbe comme dans le sable des grèves. Elle tisonnait sous les chaudrons, la nuit tombait et des coteaux descendaient les odeurs d'herbes brûlées, de terres fraîchement retournées. Depuis les fermes ils entendaient les chiens aboyer. Quand ils se mettaient aux fenêtres ils voyaient sur les hauteurs les feux des masures, ou plus loin les torches des gardes du château. Elle regardait ses mains dans le creux de ses jupes, les massait doucement, l'air d'en chasser une douleur.

Il prenait la plume et la taillait, dans un coin de page l'essayait, assis sur la terrasse il écrivait dans les carnets, dessinait, annotait les dessins, continuait ce qu'il avait toujours fait, il avait toujours écrit dans les carnets, le soir il les rangeait dans une armoire de sa chambre, vingt-cinq petits livres et deux livres plus grands et seize plus grands encore, six livres reliés en vélin, un autre recouvert de chamois vert, marquait, consignait, faisait des listes, eaux, feux, guerres et déluges, animaux, visible et invisible tout ce qu'il y avait à connaître de la terre et du ciel, recopiait les livres pour ne pas les oublier, assis sur la terrasse un carnet sur les genoux il écrivait, parfois il s'arrêtait et regardait autour de lui, demandait qu'on allât lui chercher un autre carnet, il passait la main sur ses yeux, fatigué étendait ses jambes au soleil. Il avait toujours étudié, il était venu ici avec les livres qui restaient à lire, il les lirait avant de mourir, copierait encore des pages. Des idées venaient, il dessinait une arche pour Montlouis, et derrière l'arche une longue allée. Il notait la dimension des pierres, la largeur de la voûte. Il la voyait traverser la terrasse avec ses seaux et trébucher sur les graviers, quand elle passait devant l'écurie les chevaux hennissaient, elle disait quelque chose qu'il n'entendait pas et continuait son chemin, parfois elle boitait sur le sable des allées, il la regardait boiter, continuait d'écrire, doucement le vent arrivait, un vent du fleuve, il voyait bouger les chênes et sur les terrasses le haut des grands ifs. D'une bourrasque ses jupes s'envolaient, elle riait ou maugréait, il se demandait à quoi elle pensait, et comment elle faisait parfois et prenait le temps qui venait. Entre les choses savantes il inscrivait la dépense pour l'atelier et la maison, les habits, étoffe pour chausses 4 livres 5 sols, doublure 16 sols, façon 8 sols, Salaï 8 sols, anneau de jaspe, pierre étoilée, 13 sols, 11 sols. Notait les objets à emporter dans les voyages, les exils. Listes depuis le commencement, du temps de Florence et du temps de Milan. Couteaux à lame effilée et couteaux plus petits pour tailler les plumes, béret et chaussons, gilet de peau, lunettes bleues, les yeux déjà étaient fatigués, teinture pour les habits, feuilles de cuir d'Espagne, livres de papier blanc, encre et fusains, palette, éponge, toile, fil, aiguille. Arc et corde, livres de marché. Petites et grandes écuelles, tasses, chandeliers, draps de quatre lés, nappe, essuie-mains, chemises, petits draps. Deux caisses pour mettre sur la selle de charge. Grammaire de Laurent de Médicis, mappemonde de Giovanni Benci, formulaire de lettres, Vie des philosophes. Ésope. Le Lapidaire. Dante. Archimède. Psaumes. De la crue du Nil par Aristote. Vérifier que la laine bouillie dans le vinaigre est imperméable. Faire relier trois livres. Trouver un garçon pour servir de modèle. En marge, anges, fleurs, porphyre et calcédoine, belles chevelures, visages remarqués dans les rues et les hospices. Tragiques. Sans noms. Vieillards nus, à l'approche de la mort. Bohémiennes. Gorges de vieilles femmes. Sourires de madones montant au ciel. Le jour de Sainte-Marie-Madeleine de l'an 1490 Giacomo est venu vivre chez moi. Pour la dépense il donne un florin, du pain, du vin, des œufs, du son. De l'huile. Pour le barbier et les brodequins. Restent trois sols. Giacomo Salaï. Mange comme quatre, casse les flacons et renverse le vin sur les nappes des maisons. Ment. Vole du cuir de Turquie aux écuyers du duc pour se faire des bottes ou bien de quoi s'acheter des bonbons à l'anis. Pour l'assagir il donne arc, bague et rubans, et pour ses quinze ans toute une pièce de brocart d'argent. À l'évidence noter apaise, met de l'ordre dans l'esprit, dans la vie. Repousse les ombres. Le neuvième jour de juillet 1504 mercredi à sept heures mourait Ser Piero, mon père. Parfois rien, seulement une date. Ce jour de Sainte-Marie, mi-août à Césène. Il saurait bien à relire de quoi il s'agissait. Bonheur ou malheur trop grands, choses impossibles à dire (et fallait-il le voir écrit pour se le dire et ensuite y croire, et les moments les plus fous avaient-ils suffi à faire oublier le reste, les jours d'avant et les jours d'après gris à vouloir mourir ?), il feuillette, déchiffre, cherche, ne sait plus vraiment, d'autres fois avec la fulgurance de l'éclair il se souvient. Ces moments-là, bonheurs, malheurs, il pourrait les compter sur les doigts des deux mains, d'une seule peut-être. Quand il oublie un carnet dans la chambre ou l'atelier, il lui demande d'aller le chercher. Elle se lève et s'empresse, le rapporte au bout de ses bras déployés comme le prêtre à l'Offertoire tend l'hostie aux fidèles. Dans un coin de page il ajoute un ange, des cheveux bouclés, des yeux clairs.

Il la regardait finir sa soupe sur son coin de table, se disait qu'elle avait toujours mangé sa soupe sans rien dire sur un coin de table. Qu'elle pensait aux tourbières. Se souvenait d'une nappe bordée de liteaux bleus. D'un mur gris où pendaient les écuelles et la courroie du cheval. D'un lit de bourre près du feu et du menuisier de petite cognée qui l'avait fabriqué. Une de ces masures étroites et sombres où soir et matin les cheminées crachaient leurs fumées et l'eau montait des sols, ruisselait froide et grise sur les murs. Il l'imaginait assise sur un banc le soir au soleil, triant des pommes, dévidant des écheveaux, la basse-cour sentait le cheval et le lait de l'étable, les bruyères exhalaient leur odeur trouble et sèche, du village venaient les derniers bruits, puis les voisins arrivaient, s'installaient autour des feux, racontaient les histoires, les choses de la vie, tragiques et sans nom, au milieu des histoires ils entendaient la bête noire, les cris rauques vers les fonds de la forêt, les chiens aboyaient. Plus tard encore dans le silence épais, l'épaisse et lourde solitude des forêts, les pères arrivaient, dans l'ombre des toiles ils recouvraient les mères, les fouillaient un long moment jusqu'à ce que dans un grand bruit, un raclement venu d'on ne sait où, ils s'abattent sur elles et s'y endorment. D'un coup de hanche elles les faisaient rouler à l'autre bout de la paillasse et comme chaque soir commençaient à pleurer.

Elle se levait et regardait vers les terrasses, s'approchait du feu, d'une main elle soulevait un couvercle, de l'autre versait le vin blanc et le verjus et plongeait la cuiller, observait le bouillon, montait sur un tabouret et allumait les chandelles de la cheminée, posait sur la table les écuelles, le pichet de vin, l'eau, le pain.

Les frères et les sœurs mouraient du mauvais lait, des grandes chaleurs ou de l'humidité qui montait des terres. Les pères et les mères pleuraient ou ne pleuraient pas, d'année en année se résignaient, marquaient les bêtes, relevaient les fossés ou épierraient les champs, faucillaient et gerbaient les avoines, les blés, sarclaient l'orge, rentraient les récoltes, quand ils avaient fini ils faisaient couler le vin et marchaient dans les rues pour honorer Dieu et donner à plus pauvre qu'eux le pain d'aumône, de Pâques fleuries jusqu'à Jeudi absolu ils marchaient dans les prières et les contritions, et en septembre exaltaient la sainte Croix, aux pardons de Saint-Jean pour éloigner le démon des troupeaux faisaient passer les bêtes au travers des feux.

Un jour elle avait quitté les tourbières, la forêt profonde, comme d'autres elle avait marché jusqu'au fleuve là où s'installaient les maîtres dans des demeures de pierre blanche, avec l'âne elle avait marché dix jours jusqu'à la ville du bord du fleuve, c'était l'été, elle se lavait dans les rivières et l'âne broutait l'herbe des talus. Elle était arrivée chez les maîtres, comme les autres venues de la forêt elle avait balayé les sols et répandu la bruyère à pleines brassées, récuré les écuelles, lavé et ravaudé les linges et les petits draps, s'habituant aux maîtres, les regardant naître et mourir, aimer et crier la nuit dans les chambres, le matin se lever et marcher en balançant les reins, partir pour les guerres ou les voyages, en revenir avec des marbres et des cristaux de Venise, des vasques pour leurs jardins, fêter leurs retours dans l'or et la soie des mascarades. Quand un jour après l'amour et les guerres, l'ivresse ou le désespoir, succombant aux catarrhes et aux jaunisses ils se couchaient, elles étaient là derrière la toile des alcôves, épongeaient les fronts, entendaient les dernières paroles, plus tard elles les lavaient, linges clairs et rêches qu'elles tiraient des armoires, dépliaient puis roulaient autour des corps, des peaux à l'odeur triste et douceâtre, l'odeur de ceux dont la vie s'en allait, hommes, femmes, enfants le travail était le même, c'est à peine si elles les regardaient, le travail fait elles les suivaient jusqu'à la fosse, dans la terre fraîchement retournée plantaient cierges et torches tandis que priaient les pauvres, aussi nombreux aussi fervents que le permettait l'aumône. Bientôt se cherchaient de nouveaux maîtres dans d'autres maisons où tout recommençait de la vie et de la mort, tout toujours recommençait.

Elle finissait de mettre le couvert, il voyait le dos et les cheveux défaits qui sortaient de la coiffe, la natte, les épaules fatiguées. Parfois sans qu'ils demandent rien elle parlait. Lentement. À voix basse. Dans un grand pan de ciel bleu lavé de blancs et de pluies, un grand bruit de chevaux et de voitures sur les pavés du Bout-des-Ponts, elle avait vu revenir les gens du roi, trois mille à pied et à cheval, litières et chariots portant les lits et les tentures, les coffres remplis d'écarlate et de satins gris, elle parlait d'écarlate et de satins gris, de chemises en linge de Coutances, de toiles brodées à l'œuvre de Venise, de diamants bleus, ils étaient allés chercher l'argent dans les bonnes villes, avaient parcouru les provinces jusqu'à la mer et par l'est jusqu'aux confins des montagnes, traversé les villages sur leurs beaux chevaux, respiré le purin des basses-cours et l'été, l'odeur des nourrices assises dépoitraillées devant les maisons. À leur tour ils en parlaient, comme ils auraient parlé d'une fresque qu'ils auraient peinte sur un mur, hommes et chevaux en cortège et en contrebas quand ils revenaient le fleuve, le soleil qui éclairait les grèves. Plus loin derrière, achevant le cortège, les servantes et les courtisanes sur les mules.

Quand elle avait fini, elle s'asseyait un moment près de la fenêtre, regardait au-dehors ou bien regardait ses mains qu'elle croisait et décroisait dans le creux des jupes. Le silence se faisait. Ils se tournaient vers elle, posaient une question ou disaient quelques mots, une idée, une chose à faire pour les jours qui venaient, elle les regardait, regardait le maître, d'un hochement de tête montrait qu'elle avait entendu, s'il fallait répondre elle le faisait d'un oui ou d'un non brefs et sans commentaire puis se tournait vers les falaises.

Elle s'habituait, c'est ce qu'ils finissaient par se dire, elle parlait avec ceux des fermes quand ils livraient les boisseaux de fèves et les charretées de bois, elle disait qu'ils auraient une nuit de gelée blanche et qu'il fallait garder la paille sur les fleurs d'été, qu'au château se préparaient noces et baptême, on levait les gradins depuis le faubourg jusqu'à Notre-Dame et en pleins champs on allait faire une guerre, six cents hommes d'un côté, six cents de l'autre, avec lances et armures, c'est ce qu'on disait en ville. Il se mettait à pleuvoir, la lumière se mouillait d'ocres et de gris, doucement les vapeurs montaient des coteaux. Ou bien elle parlait du vent qui s'était levé, elle avait vu les gabarres remonter le fleuve, les voilures carrées pleines de houle porter les bateaux vers Orléans, plus de dix jours elles avaient attendu le vent et maintenant il soufflait en rafales, dans le parc avec Battista elle avait ramassé les bois cassés, en avait fait un tas dans la bûcherie. Plusieurs fois le dimanche elle partit, elle dit qu'elle avait à faire du côté d'Artigny, ils la voyaient s'en aller avec l'âne, quand elle revenait la nuit tombait, elle les servait comme les autres jours et sans rien dire sitôt la table desservie elle gagnait son galetas.

Il la regardait comme on regarde ce que l'on découvre, sans faveur ni complaisance. Aux derniers jours du printemps elle dut prendre l'habitude du regard sur elle, se dire que le maître pouvait observer le serviteur comme il observait un arbre ou une couleur de ciel, un cadavre dans un fossé, parfois les choses les plus inattendues tranquillement et sans histoires devenaient si banales et ordinaires que si elles venaient à manquer la vie en était encore plus difficile, quand il se détournait elle le remarquait, puis l'air de rien se détournait à son tour. Il parlait des habitudes, de ce qui commençait et de ce qui finissait.

Il dessinait un visage, ni homme ni femme ni enfant, cherchait dans les cartons d'anciens dessins, le regard clair sous la paupière transparente, l'amas de boucles, recommençait, comparait, en Italie ils avaient parlé de l'ange, des délicatesses de fleur meurtrie à peine éclose, du creux du cerne sur la joue, cette impression de chaleur, de peau brûlante, l'émotion, le plaisir, comment savoir, tout parfois avait été si magnifique.

Quand les beaux jours arrivèrent, elle troqua les jupes de futaine pour des jupes de toile finement rayée, bises et brunes sous le tablier bleu, et le soir après souper se tailla une cotte et un corsage dans une cotonnade achetée au colporteur des montagnes, celui qui vendait à la Saint-Martin épingles et rubans, fichus brodés et Notre-Dame de miséricorde dans son grand manteau.

Ils restaient tard sur les terrasses et parlaient jusqu'à la nuit comme autrefois dans les jardins de la Seigneurie quand ils dessinaient les marbres antiques, parlaient encore d'ombre et de lumière et des couleurs très brillantes des maîtres du Nord, parlaient du départ de l'élève Salaï, il rentrait au pays, c'est ce qu'ils disaient le soir sur les terrasses, ils élevaient la voix, elle les regardait, cherchait à comprendre, comprenait sans doute. Parfois ils disaient les mauvaises nouvelles, les voyageurs venus d'Italie rapportaient que les grandes fresques s'abîmaient, se défaisaient dans la moiteur aigre des églises, de celles qu'ils avaient mis des mois, des années à peindre hissés sur les échafaudages dans le froid et la pénombre des chapelles, ils parlaient des autres, jamais commencées ou inachevées, abandonnées quand venait le doute et que rien n'allait plus, Messer le peintre perdait la raison, pour peindre les chevaux il s'enfermait dans les bibliothèques de Florence et lisait chaque livre écrit sur les chevaux, il n'en finissait pas, n'en finirait jamais, il était fou et autre chose le tourmentait, pour l'Adoration il inventait de grands escaliers venus de nulle part et n'allant nulle part, hommes et chevaux fous de malheur et poitrails offerts aux blessures, désespoirs et tumultes, posait ombre sur ombre, retardait la couleur et le moment où il achèverait, dans les charrettes du *podere* les moines livraient fagots, huile et boisseaux de blé, pour les couleurs portaient à son compte chaque premier du mois l'argent nécessaire, les couleurs il ne les mettait pas, ne les mettrait jamais, il leur laissait les escaliers, les anges sans ailes ni couleurs et les chevaux fous et partait pour Milan chercher un autre maître. Cent lieues et douze jours de voyage vers les brumes du Nord, le froid des plaines lombardes. Un soir en décembre il arrivait au pied des remparts, franchissait la place d'armes. Au milieu des serviteurs et des chevaux dans la même étrange fièvre, il faisait pour s'apaiser des listes de mots inconnus, sans même le savoir attendait la venue de celui dont il ignorait jusqu'à l'existence, page après page recopiait les livres pour ne pas les oublier, dessinait dans les marges ou travaillait à la pointe d'argent sur les papiers gris, les papiers bleus. Apprenait le latin, conjuguait à n'en plus finir le verbe aimer. Ignorait ce qui venait.

Par la fenêtre il la voyait s'éloigner vers le fond du parc. Elle descendait laver le linge à la rivière et n'attendait pas que les paniers soient pleins. Comme pour le plaisir. Le vent soulevait les jupes. Elle marchait avec une vaillance qui faisait penser au bonheur. Derrière elle l'âne avançait avec les paniers, tranquille, parfois joyeux – un braiment ou une incartade, un bref galop de côté. Le soleil montait dans le ciel, irisait la brume au-dessus des frondaisons, juste avant la rivière. Contre eux l'ombre était profonde.

Lorsqu'elle remontait l'allée, elle souriait. La petite silhouette claire brillait dans le matin. Il lui en était reconnaissant. Il pensait qu'elle ignorait les images folles, rêves de bonheur ou de plaisir. Qu'elle n'avait connu ni le trouble ni l'attente. Ni la peur de tout perdre. Qu'elle s'était tenue à l'écart, par prudence, heureuse des jours tranquilles, du bol de soupe et du pain frais dans son torchon le matin sur le coin de table, et le soir de l'odeur qui montait des terres, du pas des chevaux qui rentraient.

Tranquille ces jours-là, sereine comme pas une. Elle allait étendre le linge au jardin puis retournait le chercher, le pliait dans les corbeilles, elle s'attardait près de la poterne, cueillait les herbes pour la soupe, plus tard elle demandait qu'on l'aidât à plier les draps, quand elle voyait les nuages s'amasser à l'horizon légers, transparents, elle disait que demain encore il ferait beau. Il pensait à la vieille qui pendant vingt ans l'avait attendu dans les collines du côté d'Empoli.

Les élèves étaient partis pour Romorantin, il y avait des mesures à prendre, des croquis à faire de la ville et des remparts, il ne les avait pas accompagnés, il avait dit que c'était à cause du vent, il était resté avec elle et le serviteur italien, l'été arrivait, le jour se levait tôt, une lumière bleue sur les arbres du parc, il se reposait, le matin à la même heure elle partait, passait la pèlerine sur la robe grise, descendait chercher l'âne et les paniers, elle prenait par le chemin bas, longeait le faubourg jusqu'à la rue des Bouchers. Il la regardait partir avec l'âne. Dans le carnet il inscrivait l'argent pour la dépense, le pain et la farine, les poissons, le fromage, la sauvagine. Le reste, huile, gîtes de bœuf et porc pour la saumure, arrivait des fermes du coteau ou bien ils allaient le chercher. Le soleil montait dans le ciel, il voyait autour des toits s'éteindre la brume bleue, il y avait des matins où la lumière était bleue, elle montait du fleuve, on ne savait où commençait le ciel où finissait le fleuve, au loin depuis les chambres il voyait le fleuve aller vers la mer, toute une largeur de fleuve coulant entre les rives de sable clair. Il écrivait des lettres, racontait la vie ici et les travaux pour le château, ce que faisaient les élèves. Il disait qu'il ne savait plus depuis combien de temps il était parti, que tout parfois se confondait et qu'il n'oubliait personne là-bas, il demandait des nouvelles de Milan et de Florence, et de ce qui se passait à Rome, il disait qu'il ne reviendrait pas, que l'élève Salaï allait rentrer au pays, cela faisait plus de vingt ans qu'il travaillait avec lui. Il n'oubliait pas les étés, les conversations le soir dans les jardins, entre les marbres et les lions de la Seigneurie assoupis derrière les grilles, ils respiraient l'odeur des jasmins et des rosiers blancs, parlaient si longtemps que parfois ils voyaient le jour se lever sur les collines. Bientôt il écrirait dans un carnet : aujourd'hui Giacomo-Salaï est reparti pour l'Italie. Comme il l'avait toujours fait. Écrirait. Se souviendrait. Il oubliait. Disait qu'il oubliait. Laissait passer le temps, comme lorsqu'il avait été malade, les fièvres attrapées dans les marais, des jours durant sur ses chevaux il avait respiré les miasmes et les tiédeurs de la Romagne, cherché comment la vider de ses eaux putrides et les conduire jusqu'à la mer, il souffrait des fièvres et les yeux n'y voyaient plus, à lire jour et nuit il les avait usés, il se souvenait des nuits au Belvédère dans les appartements du pape, il se rappelait la faiblesse, la douceur de la faiblesse et comment sans souffrir il entrevoyait la fin des choses. Il posait les carnets et fermait les yeux. Écoutait les bruits de l'été, guettait le vent sur la peau. Le château se ferait ou ne se ferait pas, à Romorantin ou ailleurs, au fond quelle importance, que resterait-il de lui en dehors des trois tableaux qu'il avait sur le dos des mulets emportés jusqu'ici, soir après soir dans les auberges déposés à son chevet enveloppés des linges et des couvertures qui les protégeaient et que parfois d'une main avant de s'endormir il écartait, dégageant la toile qu'il observait à la lumière des chandelles, les visages travaillés à partir de l'ombre, la transparence des chairs, les trois tableaux que personne ne lui avait commandés et qui ne le quittaient plus.

Quand les élèves seraient de retour ils raconteraient leur voyage, montreraient les plans et les croquis, le travail fait là-bas, il les étudierait avec eux, dessinerait une façade, des frontons, un toit en terrasse, devant les portes des allées d'ifs et des arches de pierre blanche, au loin ils verraient fuir les parterres et les pelouses et les espèces rares qu'ils feraient venir d'Émilie et de Toscane. Puis l'élève Salaï partirait par les basses terres et les montagnes, referait tout le chemin jusqu'à l'Italie, jusqu'aux vignes de la porte Verce... donnait, il construirait sa maison dans les ... il disait qu'il n'oublierait jamais le maître et qu'i... écrirait chaque semaine, il donnerait ses lettres à ceux qui depuis Milan passaient les montagnes, à Lyon remettaient les courriers à d'autres qui à franc étrier couraient la poste jusqu'ici, deux semaines pas davantage et ils auraient ses lettres, c'est ce qu'il disait, il leur parlerait de l'Italie, des amis et des parents restés là-bas. Des fresques sur les murs des églises et des grands chevaux qui s'effaçaient dans l'aigreur des salpêtres. De l'ange du Baptême, la première œuvre. Il pensait à l'ange. Au visage mille fois dessiné. À l'été là-bas et aux grandes chaleurs, à l'ombre des arbres sur les chemins, sur les chemins en trouées de lumières l'ombre éclatante des frondaisons. Il laisserait l'élève Salaï repartir seul, lui resterait, c'est ici qu'il mourrait.

Il attendait qu'elle revienne. Il était neuf heures à peine, il entendait l'âne sur les pavés et sa voix à elle qui criait, quand il se penchait par la galerie il la voyait, rouge, échevelée, tirer l'âne qui n'avançait plus. Parfois elle s'attardait dans le quartier du Bout-des-Ponts où étaient les poissonniers et regardait les sapines et les radeaux descendre le fleuve, porter jusqu'à Nantes les faïences de Nevers et les vins de Beaune, les madriers. Ces jours-là

card, depuis le porche il
charger les paniers et filer
moires, à la cheminée où elle

ment ou à un autre il venait la retrouver, c'était u sorte de rendez-vous avec elle, il s'installait près des fenêtres ou quand il faisait froid devant la cheminée à la table même où sans parler ni même le regarder elle préparait le repas, elle se tournait vers les terrasses, le soleil qui blanchissait le sable des allées puis d'un coup disparaissait derrière un nuage, elle partait au cellier tirer le vin, chercher l'huile et le verjus, dans le creux des jupes épluchait les légumes. Elle parlait des dessins, disait que parfois elle les regardait, c'était de bien beaux dessins. Parlait de l'élève Salaï et de son départ. Parlait de l'ange. Rencontré dans une ruelle quartier des Armoreri, épées, cuirasses et boucliers. Sale, pouilleux. L'insolence aux lèvres. On disait que les femmes et les enfants de Nubie, au-delà du Nil, avaient ce regard. Il regardait l'enfant et n'y touchait pas, sauf pour le laver car il était toujours sale, le dessinait, regard transparent sous la paupière lourde, ouvrant les yeux, les fermant, souriant, dormant. Et bientôt, nu sur les chevaux. Devenu enfant des dieux il montait sans selle et galopait dans la plaine lombarde comme s'il avait été poursuivi par les hordes barbares. Il se souvenait. Oubliait. C'était l'année où le Gênois refaisant les calculs de Ptolémée et relisant Marco Polo approchait à cent lieues de Thulé – la mer racontait-il à son retour n'était pas encore gelée – partait à Madère dans les Açores et pour finir visitait les côtes de Guinée, cherchait par les côtes d'Afrique la route des soies. Il n'avait pas encore traversé la grande Mer, ignorait les îles où le porteraient les vents d'est, ignorait les mondes inconnus. Ils parlaient de la mer et des grands voyages, de ceux qui avaient vu le Prêtre Jean et le grand Khan à Babylone et les hommes jeter les morts aux oiseaux, boire le sang, offrir leurs femmes aux étrangers. Dans les bateaux quand ils revenaient ils rapportaient le baume et le diamant, l'or et les soies, les femmes à la peau brune. À Raguse des hommes qui n'étaient ni chrétiens ni sarrasins vivaient comme les bêtes et se vendaient pour rien aux marchés de la ville.

Elle le regardait dessiner, il dessinait l'ange – l'ange fermait les yeux, les ouvrait, se détournait –, les ciels dans la tempête, les visages, les visages, pour finir ils parlaient de la mer.

(Elle imaginait la mer, et l'eau où que se tournât le regard, l'eau jusqu'à l'horizon infini, les grandes vagues et le bruit incessant comme le bruit du fleuve sur les pierres du milieu du lit, le fracas de l'eau contre les pierres, jour et nuit, le bruit qu'elle aimait, elle imaginait ceux qui traversaient la mer, allaient rejoindre les pays inconnus où le soleil brûlait, et parfois les pluies tombaient violentes, ils quittaient tout, savaient qu'ils ne reviendraient plus, fallait-il qu'ils aient perdu l'espoir, parfois elle parlait, un mot vite dit et le regard se détournait, comme une question qu'elle aurait posée, la phrase restait en suspens, elle se levait et ajoutait dans le foyer des bûches d'yeuse, un bon bois disait-elle, qui brûlait sagement et lentement sous les marmites, elle ajustait les landiers, attisait le feu sous les broches, elle parlait de la mer et du fleuve et du ciel de nuages, de la couleur du fleuve, de l'eau plus claire vers le milieu du lit, elle avait vu la reine dans sa galiote qui descendait jusqu'à la mer, elle avait vu les grandes voiles jaunes que les hommes avaient hissées au large de l'île, dans la courbe du fleuve gonflées par le vent les tartanes que blondissait le soleil, elle parlait de la mer, de ceux qui partaient, qui cherchaient le monde, les quatre fleuves du paradis. Elle comprenait.)

Parfois les gestes se faisaient plus lents – la fatigue ou une hésitation, ou encore le temps qu'elle prenait à faire les choses – si lents qu'ils tendaient vers l'immobilité, à peine décelables comme les regards entre les paupières qui se fermaient, plus rien ne bougeait si ce n'est le feu dans la cheminée, le bois qui longuement suintait sa dernière sève et d'un coup giclait ses étincelles vers le haut du foyer. Comme si le temps s'arrêtait, demeurait immobile ce qu'il fallait de durée pour reprendre vaillance, le temps arrêté, simplement et si fort que peut-être il n'y avait plus rien d'autre à espérer, il devinait le regard sous la paupière immobile, transparente, figée comme l'argile doucement travaillée des porcelaines. Il la regardait comme il aurait regardé une inconnue, se tournait vers elle, la suivait des yeux quand sans rien dire elle s'éloignait.

L'été s'installait, jour après jour ils admiraient la lumière, le bleu tranquille, brillant. Sur les chemins les femmes rentraient portant les gerbes sur l'épaule, elles marchaient près des mules et des pleines brassées d'herbes qui leur battaient les flancs, peinaient à l'approche du coteau. Elle parlait de l'été et des blés qui jaunissaient. De la lumière sur le fleuve. Il parlait de la lumière, et de l'ombre qui n'était pas la même, de la Toscane et des grandes chaleurs, des étés de l'enfance. Il évoquait l'ombre brillante sous les frondaisons, les chevauchées dans les collines et les montagnes quand il revenait au pays, les vallées profondes et les sentiers escarpés, de loin il voyait les églantiers et les rangs de vigne, les toits roses autour du clocher. La mère l'attendait, elle avait préparé le repas et mis la nappe, belle comme le soir de juin où on l'avait culbutée dans le foin d'une grange, ser Piero jeune notaire et descendant de notaires était grand amateur de femmes, à ne plus savoir quand il en serrait une contre lui si c'était pour des noces futures ou le plaisir qui venait, violent et à oublier tout le reste, seule dans la ferme des collines la paysanne avait accouché, discrète et furtive, aussi tranquillement apeurée qu'une chienne quand elle met bas, il la regardait dans ses robes bleues, la grande lumière bleue qui les soirs d'été découvrait les chairs brunes, et tout le temps qu'il la regardait il se rappelait le passé, derrière les regards et les odeurs cherchait la tiédeur et l'odeur de sa peau, les images, les images, un sourire un jour, lequel comment le dire, tandis que déjà, cela aussi il s'en souvenait, il imaginait sa vieillesse et sa mort, elle mourrait, il y avait des jours où il n'imaginait que cela et le temps qui passait, passait à n'en plus finir, il comptait qu'il avait dû la revoir une vingtaine de fois après avoir quitté la Toscane, vingt fois elle avait dû guetter son arrivée par le sentier des vignes et lui ouvrir les bras, vingt fois depuis Venise, Rome et Milan il était venu respirer l'odeur de sa peau et celle de ses habits, d'année en année l'odeur changeait, qui donc le savait, changeait jusqu'à devenir un jour cette odeur de fatigue, l'aigrelette et triste odeur des petites vieilles usées par la vie qui n'avaient plus rien à perdre ni à craindre, ni la mort ni même l'intolérable abandon.

Il disait qu'il aimait l'été, il aurait voulu agrandir le parc, dessiner des arches au fond des terrasses, y planter des arbres qu'il aurait vus grandir, des cyprès comme là-bas sur les collines, des grands peupliers et d'autres chênes verts, il dessinait des allées vers la rivière et il la voyait remonter les allées ses jupes dans le vent, puis il renonçait au parc, renonçait aux lendemains, dessinait des têtes bouclées, des chats, des mains tranquillement ouvertes, pensait à la mort qui venait, à ce que seraient les dernières années. L'élève Salaï était parti, il l'avait accompagné jusqu'à Gué-Péan avant la forêt, un matin à l'aube elle les avait vus traverser les terrasses avec leurs chevaux, passer la voûte et s'éloigner par le chemin des falaises, ils avaient mis pied à terre à l'entrée des pinèdes, avant les hameaux qui plus loin brillaient dans le soleil de midi. Ils s'étaient regardés une dernière fois, plus tard, lui-même n'aurait su dire combien de temps, il l'avait vu s'éloigner sur son cheval, le moreau aussi noir que lui sur lequel il était venu d'Italie, il était resté immobile sur sa monture à attendre qu'il disparût, qu'il devînt un imperceptible point vers les coteaux sur lesquels parfois encore entre les frondaisons il le devinait, puis il avait cessé de le voir.

Quand il se mettait aux fenêtres il voyait les falaises et les murs du château, derrière il devinait le fleuve et le soleil sur les sables clairs, il pensait à tous les pays traversés pour venir jusqu'ici, il pensait à ce qu'il ne voyait plus, tout s'étrécissait, et le goût, l'amour, s'en allaient. L'acuité des choses. Il se disait qu'il n'était pas malheureux. Son travail achevé et la table dressée elle s'asseyait, à un moment ou un autre elle prenait place en face de lui devant les fenêtres ou la cheminée, elle attendait que finissent de rôtir les volailles, ou qu'eux-mêmes soient prêts à souper, le feu faisait briller les yeux, colorait le visage, la peau blonde qui se flétrissait aux paupières. Elle regardait ses mains ou par la fenêtre les buis taillés, doucement le soleil les effleurait. Âcre et tiède, paisible, l'odeur pénétrait dans la cuisine. Elle était là sans être là, il ignorait à quoi elle pensait.

Lorsqu'ils allaient dans les fermes ils l'emmenaient avec eux, ils allaient chercher l'huile ou les quartiers de bœuf et de porc qu'elle mettrait en saumure, ils prenaient le chemin qui longeait le fleuve et plus loin après les bourgs rejoignait la forêt, l'été était chaud, sans vent ni la moindre brise venue des coteaux, la route s'étirait entre les seigles et les blés, longeait le fleuve immobile, après les taillis gagnait l'horizon, de tous côtés ils voyaient l'horizon et le ciel blanc de chaleur. La route elle la connaissait, elle était arrivée par là quand elle avait quitté les tourbières. Quand elle était venue servir dans les maisons du fleuve. C'était l'été comme maintenant disait-elle.

Du côté d'Artigny après les dernières maisons, ils voyaient une femme, elle marchait au bord du chemin, allait et venait sous les arbres ou bien s'allongeait plus loin sur le fossé d'une vigne, quand ils passaient ils voyaient la chair pâle, abondante entre les toiles relevées, le sourire aux lèvres. Ils la regardaient sans rien dire. Ils arrivaient et chargeaient les jarres et les quartiers de viande sur les mules, ils marchaient un moment près des mares et faisaient boire les bêtes. Les hommes parlaient des feux dans les taillis plus bas vers Pont-Levoy, il faisait si chaud que la terre disaient-ils s'était mise à brûler, le sol s'était consumé sur toute une longueur de sous-bois, d'étroites fumées, vives et tenaces comme nées de la terre elle-même, ceux de Theray et de Grandbeauvais étaient venus avec des charrettes et des seaux, avaient arrêté les premiers feux. Quand ils revenaient le soleil atteignait l'autre rive, blondissait les grèves, la femme était partie ou bien elle était encore là dans ses jupes relevées, ils passaient sans regarder, elle sur sa bête droite comme pas une et les yeux loin devant, parfois elle disparaissait derrière une haie, s'empêtrait dans les jupes qu'elle froissait d'un crissement sourd, quand elle les rejoignait elle trottait sur l'âne, lèvres fermées et regard rivé au plus loin des horizons. Plus tard ils remarquaient dans le soleil la blancheur des murs du petit port, les ombres claires sur la terre du chemin. Il était passé quatre heures de quelques instants. Du plus loin qu'elle pouvait elle cherchait les falaises et ne les quittait plus des yeux. Ils croisaient les muletiers qui revenaient de Montlouis et de Chaumont, plus bas ils voyaient un homme traverser le fleuve sur son cheval. Quand ils arrivaient ils entendaient vêpres sonner à Saint-Denis et à Notre-Dame-des-Grèves.

Alors elle parlait. Rouge de colère, fort et clair pour qu'ils l'entendissent. Elle parlait de la femme sur le talus et disait qu'on allait arracher ses habits et la jeter nue aux chiens qui la mangeraient, d'autres pour moins que cela avaient été condamnées à crier merci, sans coiffe et une torche à la main, à être piloriées trois fois en jours de marché et battues par les carrefours. Quant à elle, pour ce qu'elle avait à en dire, elle prierait Dieu et ses saints que les poux lui dévorent les os.

La chaleur grandissait, elle fermait portes et volets, se protégeant en paysanne de la chaleur comme dans une ville assiégée on se protège de l'ennemi, lavait la maison à grandes eaux, sans cesse allait au puits avec ses seaux, en revenait puis d'un coup les déversait sur les carrelages, épuisée elle ôtait sa coiffe comme une autre eût retiré son bas, se dépouillant, découvrant l'invisible, le soleil faisait briller les cheveux contre la raie sagement tracée. D'une main elle lissait sur la tempe les petits cheveux qui poussaient en friselis, blonds encore, à mi-chemin entre le blond et le gris, puis remettait le bonnet de toile, différente selon qu'il la regardait dans l'ombre ou la lumière, méconnaissable certains jours. Un peu après midi elle descendait à la rivière, quand elle remontait le bas des jupes était mouillé, comme les mèches qui sur la nuque s'échappaient de l'épingle. Lui passait ses journées dans la salle basse à étudier des machines ou à dessiner, parfois une lettre arrivait de Milan, une autre d'Empoli, l'élève Salaï ou Lorenzo, un des frères qui donnait des nouvelles de la famille, elle les portait sans rien dire puis rajustant la coiffe ou dans la ceinture un pan du tablier disparaissait dans les profondeurs de la maison. Dans le parc les allées bourdonnaient d'abeilles, le temps s'arrêtait. Quand il s'éveillait de sa sieste il la voyait par la fenêtre traverser les terrasses puis entendait son pas sur la galerie, plus tard quand le soleil passait les peupliers elle descendait cueillir les fraises dans la mousse du petit bois, elle remontait lentement l'allée avec son panier. Un peu plus tard encore lorsqu'il arrivait dans la cuisine elle mangeait sur un banc contre les marches du cellier, elle l'observait, il surprenait le regard qui se dérobait puis le bruit furtif et confus des jupes quand découverte elle se redressait, l'air indifférent s'affairait dans un coffre, elle restait là un moment à chercher, pour finir prenait un torchon, une nappe, il sentait l'odeur des roses de Provins posées sur le linge.

Lorsque sur la route du fleuve ils virent passer les hommes qui allaient à Orléans toucher le calice de Sainte-Euverte et le bois de la vraie Croix, elle dit que l'été s'achevait.

Quand l'automne arriva c'est à peine s'ils s'en aperçurent, il faisait si doux qu'ils laissaient le soir les feux s'éteindre. Un peu avant la Toussaint le ciel s'obscurcit. La tiédeur demeurait, une tiédeur humide qui rabattait les fumées sur les toits, empoisonnait de moiteurs les jardins et les terrasses, le petit bois vers la rivière. Lentement, calmement l'été finissait. Il y eut une tristesse, la certitude qu'avec l'été autre chose s'achevait.

Ce fut elle qui le pensa, sans mots le fit comprendre. Était-ce le ciel lourd et gris, si lourd et gris qu'ils se demandaient comment ils pourraient un jour revoir le soleil, ou le temps qui parfois semblait s'arrêter, l'étonnant silence autour d'eux, ou bien autre chose qu'ils ignoraient ? Elle montra ces jours-là une retenue, une attention nouvelles. Les gestes se firent plus lents, elle avançait à petits pas et si prudemment qu'on eût dit qu'elle craignait de froisser l'espace autour d'elle, songeuse, préoccupée comme lorsqu'on attend et que tout semble devenu possible, ils la regardaient, observaient la façon qu'elle avait de se tenir à l'écart, de guetter comme un animal qui pressent le danger, sans bouger ni faire de bruit, en retenant son souffle.

L'air sentait les feux qui brûlaient dans les friches, les odeurs qui montaient des talus. Le ciel s'obscurcit encore, des matins et des soirs tièdes, sans vent. Des jours durant ils observèrent les ciels bas et mouillés, opaques comme les sommeils. Ils la regardaient comme si elle comprenait ce qui se passait et allait le leur expliquer, le soir ils descendaient plus tôt et s'installaient autour du feu, allongeaient leurs jambes, approchaient leurs mains des flammes. Elle bougeait à petits pas dans la lumière des chandelles, repliée, presque invisible dans le cercle étroit entre table, coffres et foyer où vacillaient les ombres. C'est à peine s'ils parlaient. Ils comprenaient que sans rien dire elle régnait dans cette cuisine comme on règne sur un empire. À leur tour ils se taisaient, ils attendaient.

Il oublia l'ange, délaissa les carnets, c'est à peine s'il sortait. Il demanda aux élèves de porter les anatomies, il reprenait la ligne d'un muscle ou d'un nerf, rougissait une membrane, une déchirure, il expliquait aux élèves, disait que pour peindre un corps d'homme ils devaient connaître ce qu'il y avait sous la peau, os muscles et nerfs, ils devaient connaître l'invisible.

Des voyageurs venaient lui rendre visite, tandis que les serviteurs menaient boire les bêtes ils s'attardaient dans les allées et sur les terrasses, se promenaient sur la galerie d'où ils admiraient le parc, venaient dans la cuisine où dans la hâte elle achevait le repas, plus tard quand elle servait volailles et ragoûts ils disaient qu'ils n'avaient rien mangé d'aussi bon ni en Allemagne ni dans les Flandres ni nulle part où ils étaient allés. Ils s'entretenaient des affaires de leurs pays, des guerres si longues, des arbres de la vallée du Rhin et du mont Saint-Michel du haut duquel ils disaient qu'on voyait jusqu'aux confins d'Espagne. Les élèves allaient chercher les dessins. Il expliquait comment il avait étudié les morts aux hospices de Rome et de Milan. Les voyageurs s'étonnaient, admiraient la beauté des dessins et de l'étude, demandaient si avant lui quelqu'un avait fait cela. Il disait qu'il ignorait. Quand les voyageurs partaient elle mettait les braises dans les chauffe-pieds et montait remplir d'huile le mortier des chambres, dans la cuisine ils restaient à parler, ils commentaient la journée, respiraient l'air du soir. Son travail achevé elle leur souhaitait la bonne nuit et regagnait son galetas. De là-haut elle entendait les voix et les rires, l'effraie qui gémissait dans le petit bois sur la rivière.

À la Saint-Martin de novembre ils virent passer dans les faubourgs ceux qui venaient pour la foire, les rues s'emplissaient d'odeurs, de piétinements de bêtes, parfois ils venaient de loin, sans rien d'autre que la camelote de leurs paniers, leurs épingles et leurs rubans, ils restaient la semaine et partaient pour d'autres foires, d'autres villes, elle disait que les pauvres couraient par tous les royaumes, le monde n'était qu'une longue bande de terre sous le ciel, au bout si l'on marchait longtemps on trouvait un gouffre sans fond, il y en avait qui voulaient aller jusque-là, n'avaient pas d'autre endroit où diriger leurs pas, n'en avaient jamais eu, elle en connaissait qui étaient partis et qu'on n'avait jamais revus, ils avaient dit qu'ils allaient prier saint Jacques ou sainte Marie dans de lointaines cathédrales, un jour ils s'étaient arrêtés, avaient crié *Sancte Jacobe! Sancte Jacobe!* et on les avait enterrés sur un talus, à leur tête on avait planté une croix de bois. Elle disait qu'elle venait de voir deux enfants qui n'avaient ensemble qu'un seul corps, ils étaient dans une petite voiture tirée par des chiens, ils allaient prier Notre-Dame de Cléry, le père un berger marchait près d'eux, regardait droit devant lui, ne quittait pas des yeux l'horizon, elle les avait vus passer le fleuve vers Artigny.

En prévision de l'hiver il lui fit faire des bottines et commanda pour ses jupes une aune de futaine, 7 sols, à quoi il ajouta, 4 sols, une aune de toile bleue pour deux corsages du dimanche. Il lui demanda si elle avait assez de coiffes et de chaperons, elle dit que tout allait bien comme ça et qu'il ne devait pas se soucier d'elle.

Il dessinait à nouveau, doigts raidis sur le crayon il reprenait le travail de San Spirito et Santa Maria Novella, les corps nus, dépouillés, ouverts puis dessinés tout un hiver dans la nuit des caves, arpentant les salles dans le bruit rauque des voix et l'odeur aigre des grabats il était venu les trouver avant qu'ils meurent, il voulait savoir, comprendre, parfois ils dormaient, il les regardait dormir derrière les rideaux de chanvre, déjà dessinant la mort, les instants qui précédaient la mort dans un violent, calme et désespéré suspens du temps, plus tard il les ouvrait par le milieu, hommes, femmes, enfants (et parfois dans le ventre des femmes l'enfant mort avec elles, recroquevillé comme consentant), il les dessinait, il se souvenait d'eux quand ils parlaient, quand ils tendaient la main, il pensait au vieillard mort assis sur le bord du lit tandis qu'ils causaient, à la folle qui le soir au bord du fleuve chantait ses airs anciens, elle avait perdu la vie si doucement que tous là-bas en avaient rêvé.

Un soir avant souper elle était sortie chercher du bois, il l'avait vue derrière les remises avec son fagot, avançant d'une marche incertaine, titubante, ni la hanche ni la jambe ne suivaient la foulée, elle boitait à travers les terrasses, elle passa devant lui, puis d'un bruit sec elle cassa le bois, poignée après poignée le glissa sous les bûches. Elle n'avait rien dit, la nuit tombait doucement, bientôt elle recueillerait les braises pour les bassinoires. Quand elle se tourna vers lui, il croisa sur sa poitrine la vieille pelisse et ferma les yeux.

Elle continuait à dire des nouvelles de la ville, parlait de ceux qui étaient morts d'avoir attrapé une ruade ou pris froid à l'église, elle parlait du fleuve, des eaux qui cavalaient en cercles et tourbillons, folles elles s'entrouvraient et entraînaient les imprudents, on venait de trouver sous l'arche marinière un petit berger de Chaumont que sa mère avait appelé toute une année. Elle parlait des chasses au loup sur les berges à Montlouis, et comment après avoir pris le mâle dans leurs toiles ils allaient au-devant de la louve sur leurs bateaux et la trouvaient qui venait mourir dans l'eau. Elle disait qu'elle avait mal dormi, la poule avait chanté le coq, ou la chevêche crié jusqu'au matin. Elle parlait doucement, n'élevait pas la voix, quand elle parlait c'était comme si le silence continuait, ils entendaient les dernières charrettes quitter les faubourgs, les hommes jouer à la chance et chanter dans les tavernes. Eux parlaient de l'Italie et des guerres qui n'en finissaient pas, de ceux qui la lance sur la cuisse pénétraient encore dans les villes, battaient les murailles d'en haut et les murailles d'en bas, enlevaient les bastions et le soir, chargés de butins et de dépouilles, dressaient le camp dans les vallées ignorant qui d'eux ou de l'ennemi venait de gagner la bataille, les guerres en Italie n'avaient pas de fin. Ils parlaient des grands voyages et des mers inconnues, de ceux qui cherchant par l'ouest l'or et la soie avaient un jour mis le cap sur le grand pays de l'Orénoque, un soir atteint la première des îles, et sans plus attendre, remerciant Dieu à genoux, devant notaire pris possession de San Salvador des Bahamas. D'autres maintenant partaient là-bas, sous des soleils brûlants défrichaient les terres nouvelles, ne pensant plus à rien qu'à la canne et ses tiges nacrées vers le ciel clair, aux femmes à la peau brune, à la douceur des vents. Un peu plus tard elle regagnait son galetas, elle montait sa cruche à la main, parfois elle butait sur une marche, sans même gémir continuait jusqu'à l'étroite soupente puis on n'entendait plus rien, pas même le bruit sec et froissé de la paillasse quand elle se couchait. Il l'imaginait assise sur le bord du lit, incapable de s'étendre, de se dire que c'était l'heure de dormir, songeant à la journée qui s'achevait, aux choses dites ou faites, faisant durer le temps le plus qu'elle pouvait, ou couchée immobile à regarder le plafond, d'un coup lourdement sombrant dans le sommeil, se réveillant le matin dans la même position, les bras le long du corps enserré dans la chemise rêche et le visage offert comme dans les églises celui des gisants et des transis.

Parfois elle venait à sa rencontre avec l'air de vouloir dire quelque chose, il la croisait en bas de l'escalier ou sur les terrasses avec ses seaux ou un fagot, il observait l'hésitation, l'imperceptible désarroi, mais l'instant d'après à petits gestes elle rajustait sa coiffe, tapotait le devant des jupes pour les défroisser et en chasser d'invisibles fanes. Continuant son chemin elle rentrait à la cuisine où quelqu'un arrivait, alors resserrant sur la robe les liens du tablier plus loin derrière les tables elle leur tournait le dos, sortait bruyamment des coffres les poêles et les écuelles et préparait les crêpes ou le chaudeau. Plus tard encore il voyait s'assombrir le gris des yeux, comme l'étang sous le ciel de pluie. Il venait vers elle et demandait ce qui se passait. Elle disait : Rien Messer, et s'éloignait dans le bruit exagéré de ses jupes.

L'automne passa, gris et tiède, les premières pluies arrivèrent en décembre avec les vents d'ouest, depuis l'horizon les nuages s'amassaient sur la ville et d'un coup crevaient sur les toits, sur le fleuve gris où couraient des vagues, ils pensaient à l'hiver qui venait, à la fin des choses. Il dessinait les tempêtes, évoquait le vent du nord et la terre quand elle tremblait, les volcans d'Italie, l'Etna, le Stromboli, l'eau le vent et le feu, si la terre était ronde l'eau des océans et des rivières était suspendue dans les airs, et chaque fois que se levaient les ouragans des pays entiers pouvaient être engloutis comme on disait que des villes entières l'avaient été par la mer. Ils allaient voir les gabarres passer le pont, démâter à toute allure et s'enfiler les unes derrière les autres sous l'arche marinière, ils parlaient de ceux dont le corps se broyait entre l'arche et le flanc des gabarres ou qui tombaient dans le fleuve, on les remontait avec des cordes. Les jours sans vent les hommes attendaient pour la remonte, ou bien s'attachaient aux bateaux et les pieds dans l'eau tiraient avec les bœufs, parfois depuis Nantes ils regagnaient à pied le haut pays, s'arrêtaient chez les gens d'ici et demandaient à dormir. Pour eux on étalait la paille devant les cheminées et le matin à l'aube ils reprenaient leur chemin.

Ils entraient dans l'hiver, dans la tristesse. Les heures de courage. Il allait falloir attendre une fois encore. Les signes de douceur, le bleu dans le ciel et le soleil qui chaufferait les pierres. Le soir elle restait plus longtemps assise près des fenêtres à se taire et regarder au-dehors, croiser et décroiser les mains dans le creux des jupes. Il se disait que chaque soir depuis qu'elle servait dans les maisons du fleuve elle s'était assise près des fenêtres, avait croisé et décroisé les mains dans le creux de ses jupes, avec ces choses à dire qu'elle ne disait pas et ne dirait jamais, les taisant et montrant qu'elle les taisait dans des silences amers, comme si les taire et montrer qu'elle les taisait appartenait à la tristesse et à la solitude, au gris infini, au temps interminable, pensant aux malheurs du temps, à la vie difficile, aux femmes couchées dans les vignes. Elle quand on la verrait allongée c'est qu'elle serait morte. Ignorante de l'abandon, de l'idée même de l'abandon, partie avec les souffrances et les choses à ne pas dire, à ne pas avouer, à quiconque, les choses à garder jusqu'à la fin, priant Dieu qu'elles ne viennent aux lèvres au dernier moment, oui c'était cela, elle pensait aux choses à ne pas dire, à garder pour soi et pour toujours.

L'hiver cette année-là fut rude, un peu avant Noël le froid s'installa et les rivières gelèrent, plus loin derrière le coteau une vache fit son veau sur la neige. Les oiseaux tombaient sur les chemins, vite raidis, pris par le gel. Ils parlaient de l'hiver 1510 à Florence quand la pluie gelait dans le ciel, tombait comme diamants dans les rues (et l'été qui avait suivi avait été si chaud que la peste et tous les maux de l'enfer avaient pénétré dans la ville, trois fois la terre avait tremblé et les gens avaient passé la nuit sur les places). Ils sortirent peu, ils travaillaient, dessinaient des machines, elle les voyait traîner sur les terrasses des pièces de bois, des formes étranges, ils disaient qu'ils préparaient une fête, que bientôt elle verrait sur les pelouses des carrousels et des arcs de triomphe, des bêtes inconnues descendre les allées. Ils parlaient des fêtes du Magnifique à Florence et de celles du More à Milan, de ceux qui par milliers paradaient dans les rues au petit pas sur leurs chevaux caparaçonnés de soies, des bosquets de verdure où les maîtres faisaient lâcher les lions ou, pour d'interminables saillies devant la foule, les étalons et les juments de leurs écuries. Ils parlaient du grand *palio*. Des dieux et des nymphes qui descendaient des chars, dans le dernier soleil marchaient vers les arcs de triomphe.

Fatigué (parfois il sentait la mort approcher), vieux et sans tristesse il fabriquait des anges beaux à en troubler le sens, ils battaient de leurs ailes au-dessus des ifs puis doucement retombaient sur l'herbe des parterres. Tranquille, le soir il s'asseyait près d'elle et fermait les yeux, il donnait son dernier courage pour ce qui le lendemain n'existerait plus, y travaillait comme il travaillait à l'œuvre la plus ambitieuse. Quelle différence cela faisait-il. À Santa Maria delle Grazie il avait étudié les règles les plus savantes de la perspective, la géométrie et les proportions du corps humain, disposé par trois les apôtres, bleus verts, ocres superbes, avec des visages si beaux qu'il ne savait plus comment figurer le Christ. Quand ambassadeurs et cardinaux venaient le regarder peindre ils voyaient sa main trembler, dans leurs missives ils témoignaient de la fébrilité et du génie, le maître faisait de si beaux chevaux, de si beaux apôtres autour du Christ, l'œuvre serait l'une des gloires d'Italie, des mois et des mois de travail, oui là-haut sous la voûte des églises il tremblait sur son échafaudage, le soir le matin, de fatigue, de peur ou d'angoisse, il tremblait jusqu'au dernier jour. C'est alors qu'achevée, plus qu'achevée, l'œuvre pâlissait, perdait lignes et couleurs, Christ et apôtres s'abîmaient dans la chaux poisseuse et la moiteur aigre des murs. Jean, Jacques, Simon et Judas, mêmes teintes incertaines, mêmes regards perdus, même fin des choses, il n'en resterait rien si ce n'est les couleurs délavées et les regards éteints, plus que morts, de vagues silhouettes aussi fantomatiques que celles qu'ils exhumaient des cités antiques enfouies sous les décombres.

Un peu avant février le froid se fit moins vif. Il demanda qu'on sellât les chevaux et ils partirent au bord du fleuve. Ils allaient lentement et menaient les bêtes au pas. Les orties brillaient sous le gel, irisées, lisses comme des cailloux et l'eau craquait dans les ornières, le fleuve bouillonnait autour du pont, plus loin hâtif et silencieux roulait ses dernières glaces, brun comme le ciel derrière les arbres. Pareillement bruns le fleuve et le ciel, si bas ces jours-là qu'on ne pouvait dire où commençait l'un et finissait l'autre. Tout ce qu'ils voyaient quand ils regardaient du côté de Montlouis c'était une sorte de brume, prolongeant le fleuve un voile épais qui gagnait les hauteurs, plus rien ne bougeait que le fleuve coulant vers la mer, le pays tout entier reposait dans la lumière grise et brune, il y avait une douceur, une paix, le malheur paraissait retardé.

Ils s'arrêtaient, regardaient le fleuve, parlaient des hivers en Lombardie, parfois se regardaient sans rien dire, et puis il demandait qu'on s'en allât, ils prenaient le pont ou, s'ils étaient avancés vers l'ouest, traversaient sur le futreau du passeur et revenaient par les falaises. Sous la brume quand ils levaient la tête ils devinaient une clarté, une pâleur. Quand ils arrivaient elle marchait sur le chemin devant la maison, ils se disaient qu'elle attendait.

Sur les coteaux la lumière pâlissait, jour après jour se veinait de gris, les vignerons taillaient la vigne, ils travaillèrent encore tout un mois, étudièrent les appareillages, les artifices, le parcours des lions et la marche des chevaux, le visage, la chevelure des anges. Les chars, les dieux et les nymphes.

La matinée entière avec les femmes du château elle avait enduit les porcs de saindoux, les avait recouverts d'herbes et de bouillon, ajouté le verjus et le safran puis mis à rôtir dans les fourneaux. Maintenant tandis que sur les terrasses s'élançaient les dragons ou devant les platanes de longs anges blancs, elle servait melons et vins d'Arbois, clairets d'Orléans, massepains, amandes et pignons, pâtes de coing. Dans les allées les femmes bruissaient de taffetas et de soieries, les pommettes sous le fard avaient un éclat furtif et splendide, les mêmes qui l'été partaient dîner dans les prés, sur les coussins des charrettes, parées à l'envi chantaient et jouaient du luth, puis le soir entre leurs chiens et leurs perroquets, diamants au cou et perles sur fils d'or recevaient dans leurs maisons, plus tard aimaient éperdument, en perdaient le sens et entraient au couvent, ou quand la douceur des nuits pénétrait dans les chambres se dévergondaient à en mourir.

Ce qu'elle pensait elle n'avait pas besoin de le dire, il observait les dos tournés, les nuques rétives sous la coiffe, imaginait un éblouissement, un désordre amer, il comprenait, fatigué la regardait, et ne demandait qu'à consentir. À quoi, ni lui ni même elle n'auraient su le dire. Quand elle montait sur les hauts de la falaise, elle regardait couler la Loire vers Angers, elle regardait Saint-Denis et Saint-Hubert, les plaines des bords du fleuve, vers l'ouest elles filaient vers Chinon, au sud elles rejoignaient Loches. Elle regardait la ville et les forêts, le fleuve s'en aller vers la mer.

Que resterait-il de lui et qu'était-ce donc que l'éternité – et pourquoi fallait-il que d'un coup tout fût différent de ce qu'elle avait connu jusque-là, et non pas différent en réalité mais comme le contraire à la façon d'un gant qu'on aurait retourné – un soir à la tombée de la nuit elle l'aperçut dans le cellier, le matin à l'aube quand elle se leva il y était encore, il achevait de coller avec du miel les ailes d'une mouche, il voulait disait-il en observer le bruit et les mouvements.

Elle regarda le jour se lever, et entendit braire l'âne du côté du prieuré. Une chose était la pluie, le bleu du ciel ou le vent dans les grands arbres, une autre dit-elle un soir, le malheur derrière des murs.

Une fois encore l'été s'annonçait chaud et sans pluies, pieds nus dans les bottines qu'il lui avait offertes elle lavait les sols à grandes eaux, allait au puits et en revenait, traversait la cour avec les seaux qu'elle déversait sur les carrelages, plus tard à genoux devant les flaques elle brossait, grattait, récurait, quand titubante et à moitié étourdie elle se redressait elle relevait du poignet une mèche tombée sur la tempe, ou bien des deux mains gorge et visage renversés dans une interminable inspiration se prenait les reins, l'instant d'après partait remplir les seaux et disparaissait dans les salles du bas, les étages ou encore au cellier, et quand il faisait remarquer qu'elle n'avait pas besoin d'autant frotter, balayer ou récurer, elle demandait comment elle aurait pu faire autrement, avec toutes leurs allées et venues dans la poussière des terrasses et les mouches et les fourmis qui rentraient de partout, la maison était plus sale que pavé d'écurie.

Ils commencèrent à attendre la pluie, la saison était sèche, de celles qui présageaient les mauvaises chaleurs, et la terre des chemins se fissurait, d'étroites, profondes crevasses comme des blessures, le soleil jaunissait les champs, bientôt brûleraient les seigles et les blés, ce serait une année misérable, elle parlait des petits laboureurs et des manouvriers, des malheurs du temps.

Ils partirent pour Romorantin, à ce qu'on disait là-bas rien n'avançait et ne se faisait comme il aurait fallu, les tailleurs de pierre n'étaient pas prêts ni les flotteurs de bois ou la moitié des maçons, ceux qui depuis Nouan et La Ferté apportaient les briques, les plâtres et le sable, on commençait à dire que les ouvriers tombaient malades, des fièvres inexpliquées dont on ignorait jusqu'au nom, et que jamais le château ne serait achevé. Le voyage dura plus que prévu, on approchait des foires de Saint-Jean, les routes étaient encombrées de mules et de charrettes, de colporteurs et d'Égyptiens qui disaient la bonne aventure et vendaient les talismans, un peu partout on dressait les estrades, les barrières et les fontaines à vin, on amassait fleurs et herbes sèches pour les feux, plusieurs fois ils évitèrent les grands chemins et prirent à travers bois, ils dormirent à Pont-Levoy, revinrent par Montrichard et Gué-Péan, le soir depuis les auberges ils voyaient les feux briller sur les coteaux, sur les places d'églises ils entendaient les voix et les rires, les gens qui buvaient et dansaient tard dans la nuit.

Elle resta seule avec le serviteur italien, fit de grandes lessives et rangea les coffres et les armoires, lui cura la mare, nettoya les taillis et les buissons, répara la poterne du jardin et les planches du pont sur la rivière, puis il partit. Il alla jusqu'à Blois chercher des orangers pour les terrasses et au retour s'arrêta à Chaumont, où à la demande du maître il s'enquit des vignes montées en pergolas, et de la dureté de la pierre pour des colonnes qu'on lui demandait sur le haut d'une allée.

Ils revinrent aux derniers jours de juillet, fatigués par la chaleur et la poussière des chemins, c'était un samedi et l'après-midi s'achevait, le fleuve brillait immobile sous une brume légère, transparente où bougeaient des ors éteints, un calme, une paix dans le jour qui finissait.

Les élèves faisaient boire les chevaux et enlevaient les sangles, les promenaient un moment avant de les rentrer, lui traversait les terrasses et venait la saluer, s'asseoir près d'elle quelques instants. Il fut le premier à pénétrer dans la cuisine. Il fut le premier à le voir.

Assis sur le trépied, il souriait sans rien dire, il sourit toute la soirée, parfois il gémissait doucement, et la regardait. Il n'avait pas d'âge, c'est ce qu'il pensa, il les regarda, assis l'un contre l'autre le dos à la cheminée. Elle dit qu'elle n'avait pu faire autrement et qu'elle expliquerait plus tard. Rien d'autre. Le jour tombait. Cercle rouge, comme dilaté, le soleil touchait le haut des falaises puis dans une lumière qu'ils regardèrent longtemps baigna les fonds du parc. Le soir sentait l'herbe chaude et le buis. Ils se turent le reste du temps, évitaient même de se regarder. Ils se turent jusqu'au crépuscule.

Quand la première étoile apparut au-dessus de Notre-Dame-des-Grèves elle dit, à haute et intelligible voix, comme si depuis très loin elle était allée chercher le souffle, vaille que vaille décidant d'achever sa phrase dans une même unique et désespérée, interminable expiration, elle dit qu'elle regrettait le souci et que ça n'allait pas durer, elle le promettait.

Puis la voix se rompit, de façon inattendue déboucha sur le silence. Ils se regardèrent et se turent encore, la laissant avec lui ils montèrent dans les chambres.

Ils se firent à sa présence et ne posèrent pas de question. À croire qu'elle leur avait donné l'habitude du silence et des choses à ne pas dire. Lui pas une seule fois ne les regardait, et se tenait à l'écart, gémissait doucement en se balançant sur son tabouret. Ils s'habituèrent aux plaintes, aux gémissements d'animal blessé. Le matin quand ils descendaient il était assis près d'elle, mangeait la soupe ou la bouillie d'avoine. Plus tard elle l'emmenait au jardin ou chez les marchands du Bout-des-Ponts. Le dimanche ils allaient dans l'île, ils regardaient les garçons plonger dans le fleuve ou courir sur les chevaux, d'une berge à l'autre les hommes s'interpellaient, ils entendaient les voix, les rires plus forts à mesure que le jour diminuait. Avant de remonter elle l'emmenait prier à la chapelle Saint-Jean. Il avançait à pas lourds et les épaules basses, le cou tendu vers l'avant et fixant des yeux le sol, parfois il se redressait et poussait de petits cris en regardant le ciel. Elle lui montrait les oiseaux sur le fleuve, les grues et les cormorans, les rangs de mouettes sur les bancs de sable, parfois elle ne faisait que le regarder, assise elle le regardait comme si elle ne l'avait jamais vu, d'autres fois elle semblait l'oublier, elle regardait ailleurs ou fermait les yeux. Il devait venir de quelque hospice ou de quelque masure du fond d'un village où quelqu'un s'était occupé de lui, jusqu'à ce que rien n'aille plus et qu'on le lui fasse savoir, à elle qui peut-être déjà n'y pensait plus, ou plutôt y pensait sans trop souffrir, comme parfois laissant de côté les choses trop douloureuses on parvient à vivre, un soir elle dit qu'autrefois, il y a longtemps, la mère l'avait mariée au teinturier de garance de Thésée, plus bas vers l'autre fleuve après la forêt, le teinturier avait fait le fils et était tombé malade, il était mort d'une mauvaise fièvre, du mauvais travail dans la moiteur des cuves. De tous les jours qui suivirent elle n'en dit pas davantage. Le soir elle l'emmenait voir l'âne dans le pré, en bas du parc devant le petit bois, puis il y alla seul, chaque soir à la même heure il allait retrouver l'âne dans le dernier enclos, de là-haut sur la terrasse elle le suivait des yeux puis elle s'installait sur un banc avec son ouvrage, parfois elle ne le voyait plus et l'appelait, criait après lui pour savoir où il était, elle se levait et se penchant au bord de l'allée cherchait à l'apercevoir dans le taillis, un peu après les saules il réapparaissait, il se tournait vers elle et riait fort, il ouvrait la barrière et marchait vers l'âne, courait, sautait, parfois il s'arrêtait et riait encore, puis il restait là un long moment debout près de l'âne, tandis qu'eux des fenêtres de l'atelier la voyaient assise sur son banc à surveiller le pré, pas une fois elle ne levait les yeux vers les fenêtres mais elle savait qu'ils étaient là à la regarder, elle et lui là-bas avec l'âne dans le pré, et elle savait ce qu'ils pensaient, quand il remontait elle essuyait le bas des jambes, les sandales mouillées par l'herbe du pré, il s'asseyait devant le feu et regardait les flammes, près de lui elle croisait les mains dans ses jupes, se tournait vers les terrasses, vers le soleil qui disparaissait derrière les falaises.

Plus que jamais elle se taisait, et le silence et le regard détourné parlaient mieux que n'auraient fait les paroles, ils disaient l'habitude et la résignation, en elle parlaient toutes celles qui s'asseyaient sans rien dire près des fenêtres et croisaient les mains dans leurs jupes, comme en lui qu'elle regardait d'un regard fatigué vivaient tous les idiots, ce qu'ils voyaient n'était qu'un infime, misérable fragment du temps, sans fin ni commencement, depuis longtemps et pendant longtemps encore des gens comme eux s'arrêteraient dans une rue ou un jardin pour regarder un vieil âne ou un idiot, les observeraient en se disant qu'ils regardaient un âne et un idiot de tous les temps, inchangés, éternels comme le ciel et le soleil, les profondeurs effrayantes de la terre, le malheur, le bonheur. Comme elle qu'il regardait était la servante, toutes les servantes depuis que le monde existait, depuis que le temps n'en finissait pas, il n'en finirait jamais et la vie était si brève.

C'était cela qu'elle disait le soir près des fenêtres. Parfois ils la voyaient trembler et croyaient que c'était de froid. Sans rien dire elle disait toute l'histoire. Un jour le malheur avait été si fort qu'il avait marqué le sang des aînées, elles se l'étaient transmis de mère en fille comme leurs cheveux blonds ou roux, la blancheur et l'odeur de leur peau. À peine grandies elles l'attendaient, comme on attend une maladie ou une souffrance annoncée, lavaient, récuraient, suaient de leurs sueurs aigres dans leurs habits raidis par la saleté, couraient à perdre haleine après la vache égarée dans le bois ou le mari ivre dans d'autres lits, enfantaient, enfantaient, enterraient sans rien dire chaque enfant mort du mauvais lait ou du mal des forêts, parfois ils mouraient à peine sortis des ventres, elles allaient dans le bois prier la Vierge de Miséricorde qu'elle leur donnât vie un instant, le temps qu'elles les baptisent et qu'ils ne s'égarent point en enfer, au petit matin bénis ou pas elles les ensevelissaient sans plus rien dire, revenues chez elles elles s'asseyaient et croisaient les mains sur leurs genoux, crier ou se plaindre aurait apaisé, ou simplement gémir comme gémissaient les bêtes, doucement et à voix éteinte, le temps de moins sentir la souffrance, de pactiser avec elle.

Et quand elles pensaient à celles qui dans les vignes ou ailleurs relevaient leurs jupes, elles en attrapaient les fièvres et parfois la haine, d'autres pas plus jolies qu'elles s'allongeaient et ouvraient les cuisses, attendant le plaisir, rien que le plaisir ou encore l'argent et le plaisir, ou bien le bonheur quand l'homme les prenait dans ses bras, leur murmurait à l'oreille les choses folles, les mots qui ressemblaient à l'amour, à la folie de l'amour, à l'amour fou, elles pour ne plus avoir froid et tout oublier elles tiraient la toile fanée des courtines, mais dans leurs rêves tout recommençait, elles rêvaient qu'elles portaient leur fagot, qu'elles avaient froid et ne pourraient jamais se réchauffer, à nouveau elles travaillaient, saignaient, enfantaient, avaient honte, honte, si lasses qu'en se réveillant c'est à peine si elles pouvaient mettre un pied devant l'autre, les jours de ciel clair elles remontaient vaillamment les allées et parfois même souriaient, le reste du temps, les jours mauvais, quand le ciel toute une saison pesait sur les toits, elles s'asseyaient sans rien dire et croisaient les mains sur leurs genoux.

Eux ce qu'ils entendaient c'était la voix muette, cassée, la plainte silencieuse. Ils finissaient par comprendre, ils se taisaient et la regardaient, percevaient ce qui autour d'eux se mettait en place dans d'imperceptibles glissements, ils pensaient aux destins, aux chemins tout tracés.

Quand elle l'emmena ils ne le regardaient déjà plus, un mois à peine s'était écoulé, aussi brièvement qu'elle avait commenté son arrivée parmi eux elle leur apprit qu'il allait partir.

C'était le soir où l'âne mourut, le soir où ils les trouvèrent près de la poterne, l'âne et lui, couchés l'un contre l'autre. Accroché au cou de l'âne il le regardait, regardait les yeux, le regard de l'âne allongé sur le flanc et qui bavait ses dernières salives. L'âne bavant les yeux grands ouverts et gémissant doucement, ils entendaient les deux souffles, le souffle lourd, douloureux de l'âne qui mourait et lourd et douloureux comme lui, celui de l'idiot accroché à son cou, ils entendaient les cris que parfois il poussait près de la bête, parfois il pleurait, parfois il criait, et le cri montait montait jusqu'à éclater, jusqu'à glisser bruyant et mouillé comme un nuage qui crève sur les toits, un navire qui d'un coup s'engloutit dans des profondeurs insoupçonnées. Ils les regardèrent tout le temps que l'âne mourut.

Elle tout le temps que cela dura pleura dans le pré, à l'écart sous les chênes verts, pleura en silence, puis quand l'âne fut mort, la nuit déjà tombait, elle alla le prendre par la main et l'emmena jusqu'à la cuisine, plus tard ils montèrent l'escalier du grenier. C'est à peine s'ils les entendirent. Oui c'est ce soir-là qu'elle dit qu'il allait partir.

Il fit si chaud dans les jours qui suivirent qu'ils pensèrent que la douceur ne reviendrait plus ni les nuages ni le vent qui le soir montait des grèves. De Nevers à Angers le fleuve s'épuisait, s'attardait sur les sables, asséché dans une lumière très pâle, presque blanche, entre les buissons étincelaient les flaques. Plus haut vers Vendôme les paysans étaient allés voir le curé pour qu'il fît la pluie, tout un mois soir et matin ils s'étaient mis à genoux devant Dieu, avaient marché dans les rues et fait des processions.

Il fallut faire des réserves d'eau, elle disait que le puits pouvait se tarir, debout contre la margelle elle emplissait les seaux et les descendait au cellier, elle devait prier, ils voyaient les lèvres bouger, le murmure leur parvenait monotone comme une litanie, les chiens gémissaient couchés au bas des murs, eux demeuraient dans la pénombre, de toute une semaine ils ne purent trouver le sommeil et tardaient à monter dans les chambres, lui-même le soir partait avec son cheval et ne revenait qu'aux premières lueurs de l'aube, toute la nuit il errait avec sa bête dans les bois de la falaise et plus bas sur le chemin des mariniers. Au retour il dormait, puis se retirait dans l'atelier, personne ne savait ce qu'il faisait, ni les élèves ni le serviteur, ils voyaient sur les tables parmi les anatomies les projets pour le château, les grands escaliers et les colonnades, le travail de la dernière année, les dessins qu'il prenait un par un et regardait comme il aurait regardé l'œuvre d'un autre, il ne travaillait plus, ils en parlaient, ils disaient que les grandes chaleurs l'épuisaient, qu'il fallait attendre, bientôt sans doute tout irait mieux, il les entendait, c'est à peine s'il répondait, il les laissait parler comme il laissait passer le temps, les jours si longs parfois maintenant qu'il finissait par y penser. Il la regardait. Elle lavait les chambres et les linges et tout ce qu'il y avait à laver et chasser dans les odeurs de savon et de lavandes qu'elle jetait à pleines poignées sur les sols, repoussant aux confins les plus éloignés saleté et ternissures et sans doute le moment de penser et celui de souffrir, repoussant de toutes ses dernières et incroyables forces la souffrance, l'ignorant comme on ignore ce qu'on réprouve, avec vaillance et obstination. Il se disait qu'elle l'avait amené ici pour le lui montrer, lui l'idiot, le fils de tous les temps, comme d'autres auraient montré leurs maladies, leurs chancres ou leurs simples blessures, elle avait montré le fils, l'avait exhibé comme on exhibe une mauvaise plaie, une main de lèpre, pour qu'il comprît d'elle ce qu'il y avait à comprendre, avec courage et folie et les yeux fermés attendant que passe la découverte, la stupeur.

Il la regardait, oubliait les carnets, sans même la regarder notait les gestes, les mouvements, quand il regagnait sa chambre il se souvenait d'elle qui bougeait près de lui hâtive et silencieuse dans le bruit sourd des étoffes, à la regarder dans ses robes de toile grise aller et venir autour de lui, faire sans même y penser les gestes de tous les jours, attendre calmement et sans cesser de travailler la mort qui venait, il se demandait si quelque chose d'autre avait encore de l'importance. Quand elle remontait de la rivière avec ses paniers elle s'asseyait un moment près de la poterne, les jambes tremblaient et le souffle venait à manquer, lentement elle se relevait et finissait le reste du chemin, bientôt apparaissait dans l'embrasure d'une porte et souriait, droite comme s'il n'y avait pas et n'y avait jamais eu d'autre façon de faire, tranquille elle venait s'installer près de lui, oui ne resterait-il que le moment où il l'apercevait remontant l'allée et celui où bientôt elle apparaissait souriante et triste devant la porte, les traits tirés par la fatigue et la chaleur des après-midi, de tout ce qu'il avait jamais vu ne resterait-il que cette image de la petite femme, dont la silhouette frêle se découpait dans la lumière des terrasses et que rien ne semblait plus atteindre, qu'il pouvait se dire qu'il ne regrettait rien et n'avait rien à regretter, il ignorait pourquoi et ne cherchait pas à le savoir, oubliant et se souvenant tout à la fois – n'oubliant pas à vrai dire mais se laissant bercer, engourdir par la douce et triste idée, la tranquille habitude, la femme qui près de lui sans rien dire enfouissait tristesses et amertumes sous la patiente répétition des gestes de tous les jours, l'affirmation obstinée que tout continuait, le soleil se levait et se couchait, le ciel était bleu, le ciel était gris, ils étaient là rassemblés sous un même toit comme ils l'auraient été sur un bateau luttant contre une mer hostile, à se demander ensemble qui de la vie ou de la mort chaque fois l'emporterait, il se laissait bercer comme il se serait laissé bercer par le vent d'été ou une de ces voix douces et mystérieuses venues de l'enfance. Le temps passait, à un moment ou à un autre elle levait les yeux et le regardait, elle semblait maintenant chercher le regard, allait parfois jusqu'à le débusquer provocante et malhabile, il observait le défi et la maladresse, le désarroi, il comprenait que plus rien ne serait comme avant et que c'était bien ainsi, elle demandait s'il voulait qu'on rallumât les feux qu'ils avaient laissé s'éteindre ou si ce n'était pas la peine, ou encore s'il avait l'intention de partir le lendemain, et où donc alors irait-il, tandis qu'elle parlait elle regardait dans une corbeille les raisins transparents ou une mouche descendre et gravir à n'en plus finir une vitre chauffée par le soleil, il finissait par se dire qu'elle était là depuis toujours, parfois même c'était comme s'il se souvenait d'elle qui l'emportait dans chacun de ses pas et la grande allongée de ses jupes, il pensait à l'enfance dans les collines, se souvenait de longues jupes bleues et de sandales légères sur la jambe brune, imaginait des bonheurs encore possibles et une dernière douceur, des murmures et des bras qui l'enveloppaient, se disait que le temps n'avait pas d'importance, n'en aurait plus jamais, ni quoi que ce soit d'autre. Il la regardait, oubliait, comprenait qu'il oubliait, l'amour trop fou et l'enfant parti pour toujours, les premières et les dernières étreintes et les grandes fresques qui ne lui survivraient pas, jour après jour s'en allaient dans la moiteur aigre des églises, achevée, inachevée, l'œuvre qui mourrait avec lui, tout disparaîtrait de l'amour et du désir et des jours à refaire le monde, tout hormis les dessins et les ébauches et les trois tableaux emportés jusqu'ici, la fin arrivait pour lui comme pour elle, que restait-il à quoi ils aient pu penser vraiment, désirer comme on désire un havre, ou le bonheur des premiers rêves, et qu'avaient-ils jamais désiré d'autre que les jours qui venaient et ne pouvaient plus que venir, oui en quoi donc leurs existences différaient-elles maintenant, ils mourraient offerts et consentants, partiraient sans mémoire ni regret, il l'imaginait près de lui le dernier jour, debout à demi cachée par les courtines, les mains sur le pli des jupes et le visage dans l'ombre de la coiffe, seule luirait une pommette dans le peu de lumière qui à cette heure pénétrerait dans la chambre, et peut-être le pourtour de la lèvre, là où doucement encore la chair se renflait, sans bouger ni plus rien dire elle le regarderait mourir, il l'imaginait dans le petit jour, traits tirés et paupières transparentes bleuies de fatigue, immobile et muette, toute droite dans sa robe grise, elle le regarderait mourir dans la pâleur du matin. C'était comme si elle devinait, assise en face de lui sur le tabouret, à peine tassée par la fatigue, elle le regardait, le soleil éclairait la joue et la tempe, l'œil luisait dans la lumière qui montait des terrasses, la journée s'achevait, chacune des journées de cet été sans fin, le dernier pensa-t-il, le plus souvent ils se regardaient sans rien dire, c'est à peine s'ils se comprenaient quand ils parlaient. Quand elle tardait à sourire, il se demandait pourquoi.

Les jours raccourcissaient, à quatre heures elle allumait les chandelles, il prenait les papiers et les crayons, dessinait à nouveau, quand la main tremblait il la regardait trembler puis la posait sur la table, observait la main, le vide et le silence, la fatigue qui arrivait le soir à la même heure. Ils parlaient de la main qui tremblait, et des dessins toujours les mêmes, il les entendait, les élèves et le serviteur et ceux qui venaient encore le voir, s'installaient autour de lui devant les cheminées, évoquaient l'Italie, racontaient que les guerres achevées on se tournait maintenant contre le Turc et comment pieds nus dans les rues le pape en personne exhortait les princes à s'unir contre lui, ils regardaient les trois tableaux, les anatomies ou encore les escaliers du grand château, ils admiraient, se souvenaient, parlaient de l'œuvre, il les écoutait, de la tête acquiesçait à leurs propos, ce n'était pas de lui qu'ils parlaient mais d'un autre dont il se souvenait encore, quand elle arrivait il demandait qu'elle leur servît un vin chaud ou un lait de poule, bientôt ils partaient, ils ne voulaient pas le fatiguer plus longtemps disaient-ils, ce n'est que plus tard lorsqu'ils passaient la voûte et s'éloignaient avec leurs chevaux par les falaises qu'il sentait s'abattre sur lui comme une mauvaise fièvre fatigue et tristesse, il parlait de tristesse et de fatigue, ou peut-être de ce qui ressemblait à la tristesse et à la fatigue. Une simple solitude, amère et douce à la fois.

La mort arrivait, ce n'était pas ce qu'il craignait le plus, c'était les gestes qui s'étrécissaient et le corps qui n'était plus le même, la nuit qui venait, longue et sans sommeil, il aurait voulu des jours sans nuit et jusqu'à la fin la lumière dans le ciel, il tardait à se coucher puis arrivé là-haut redescendait, allumant chandelles et bougies, traînant sa chaise sur le sol et s'asseyant près du feu qui brûlait encore, il crochetait les bûches, remuait pelles et landiers, faisait tellement de bruit qu'elle finissait par descendre, elle disait qu'elle l'avait entendu et demandait s'il n'avait besoin de rien, elle croisait sur sa poitrine le fichu de laine et deux nattes claires entouraient ses joues, il la regardait dans la lumière de la chandelle qu'elle tenait à la main avant qu'elle la posât pour chercher dans un coffre ce qu'elle pourrait lui donner à boire et à manger, l'ayant donné elle s'attardait encore un moment, demandait s'il était sûr de n'avoir plus besoin de rien, remettait une bûche dans le foyer, tisonnait encore un instant, allait vérifier si les portes étaient bien fermées puis remontait.

Entre l'été qui s'achevait et le plein de l'automne il y eut quelques nuits comme celle-là, le temps que l'hiver arrivât, qu'il s'habituât aux longues nuits, au froid et à la tristesse de la saison.

Elle disait que les grues volaient bas et que l'hiver serait rude, qu'elle avait vu sur les falaises les gardes du château tirer les oiseaux avec des escopettes, ils les faisaient rôtir sur des pierres. Elle mettait au feu une chaudronnée de poires, disait qu'en ville on avait fouetté deux hommes qui mendiaient à Saint-Denis, les marauds et les gueux elle en parlait, et de ceux qui enchaînés curaient les égouts et creusaient les fossés, ceux dont on avait coupé l'oreille pour avoir volé, la saison était dure, il y en avait déjà qui mouraient au pied des murs. Lui l'écoutait, dans le jus d'un citron fondait de petites perles de Milan, en faisait une pâte et dans un tour les façonnait à la grandeur d'un ongle, les polissait avec une calcédoine, les enfilait sur de l'argent.

Un samedi qu'elle revenait de none il lui offrait le collier de perles. Elle le mettait et le remerciait, puis descendait au jardin chercher des herbes. Passé la poterne elle s'arrêtait et se retournait, regardait vers la cuisine. Elle disait en rentrant qu'il commençait à pleuvoir, une pluie tiède qui avait pris sur les coteaux. Ils regardaient la pluie tomber, à grosses gouttes tièdes, elle parlait de l'hiver qui venait. Elle remerciait encore pour le collier de perles puis montait se coucher.

Elle était arrivée par les terrasses, il se souvenait du frottement des chaussons sur la pierre et de l'air froid quand elle avait poussé la porte, elle avait dû hésiter un moment puis il avait aperçu le visage qu'elle passait dans l'embrasure avant d'entrer. Ce soir-là il n'avait pas quitté la cuisine, il n'était même pas monté puis redescendu comme parfois ces derniers temps, il avait dit qu'il restait un peu, et qu'il n'avait pas sommeil. Il ne tarderait pas avait-il ajouté. Et puis il avait dû s'endormir près du feu, à force de ne pas bouger et de regarder les flammes il avait dû s'assoupir, quand la porte avait grincé il avait sursauté et senti l'air froid, il avait ouvert les yeux et l'avait vue, immobile, hésitant sur le seuil comme sur le seuil d'une maison étrangère, il n'avait pas compris pourquoi maintenant qu'elle était descendue et qu'elle l'avait réveillé elle restait là sans bouger et n'allait pas mettre du petit bois et souffler sur le feu, ni ne lui demandait de quoi il avait besoin et pourquoi donc il n'était pas allé se coucher. Elle n'avait rien dit quand il était resté, c'est à peine même si elle s'était attardée, si elle avait été plus lente à monter, elle lui avait souhaité la bonne nuit et avait regagné son galetas comme les autres soirs, il avait entendu les derniers bruits dans les chambres et il n'avait plus rien entendu, il se souvenait du silence dans la maison, du temps qui avait passé avant qu'il s'endorme, la lune éclairait encore les terrasses mais on ne la voyait plus de la cuisine, elle devait être sur le petit bois, il se dit qu'elle avait dû attendre tout le temps qu'elle était là-haut, guettant les bruits dans la maison et le moment où il monterait se coucher, se disant qu'il lui fallait descendre, que si elle ne parlait pas cette nuit-là elle ne parlerait jamais, peut-être même à force d'attendre et d'hésiter s'était-elle endormie à son tour, et quand plus tard elle s'était réveillée elle s'était souvenue, avait compris aux fenêtres encore éclairées qu'il était toujours dans la cuisine et qu'elle devait aller le trouver, alors elle était sortie par la galerie de l'étage puis était descendue par la guette, en bas elle avait vu la lumière des fenêtres trembler sur le sol entre l'ombre des ifs et celle des petits buis autour des massifs, il restait une heure, deux peut-être avant le lever du jour.

Elle était apparue toute droite, toute frêle dans la robe de nuit, si frêle s'était-il dit, presque invisible dans l'épaisseur des toiles, qu'en dehors du visage et du cou qui émergeaient du col sagement fermé on aurait pu oublier qu'il y avait un corps sous la robe, fût-ce un corps de vieille, pris de fatigues et de maigreurs. Rien ne se devinait, la robe était là comme posée sur le sol dans ses empois, son étonnante clarté, la blancheur mate de l'étoffe travaillée par l'usure.

Elle le pria de l'excuser et dit qu'elle ne voulait pas déranger, mais comme lui elle n'arrivait pas à dormir, aussi comme il y avait un certain temps déjà qu'elle voulait lui demander quelque chose, ou plutôt lui faire savoir ce qu'il en était sur un sujet qui le concernait, elle s'était permis de venir l'en entretenir. Elle n'en avait parlé à personne ni aux élèves ni au serviteur, il comprendrait et garderait cela pour lui, elle l'en priait comme elle le priait de lui pardonner sa franchise et peut-être aussi son indiscrétion, car c'était peut-être indiscrétion que de parler ainsi.

Fatiguée comme elle l'était il n'était pas impossible qu'elle partît la première, ce n'était pas pour se plaindre qu'elle le disait, ni faute de vouloir l'obliger, elle n'était pas malheureuse ici et à cet égard n'avait rien à regretter, mais rien n'était comme avant il fallait qu'il le sache, le soir quand elle se couchait et le matin quand elle se levait en même temps que la fatigue elle sentait une douleur dans la poitrine, et ses jambes ne la portaient plus, à dire vrai elle voyait venir le moment où elle ne pourrait plus le servir, il lui en coûtait de parler ainsi, de se dire qu'elle allait le décevoir, elle espérait qu'il comprenait.

Tandis qu'elle parlait venaient jusqu'à eux des odeurs de feux éteints et de vieille pierre, et de l'autre côté du bois avec le vent des relents de terre humide, les pluies avaient dû arriver sur Nantes et Angers, avant deux jours elles seraient ici avec les brouillards du matin, à cinq heures le soir l'obscurité monterait des terres dans des moiteurs grises, opaques, l'été avait été si chaud et la chaleur avait précipité la fin des choses, c'était une curieuse année, dès avant l'automne la tristesse avait été là. Le jour n'allait pas tarder à se lever, pâle et gris, avec encore vers l'horizon des clartés de saison douce, une tiédeur, une sorte de répit. Il était fatigué lui aussi et pouvait la comprendre, mais il savait bien que ce n'était pas pour lui parler de cela qu'elle était venue le trouver. Il la regardait. Comme il avait fait chaque jour depuis qu'ils étaient ici. Qu'avait-il fait d'autre durant tout ce temps, et à quoi pensait-il en cet instant précis, à quoi d'autre pouvait-il penser maintenant qu'elle était là, offerte et démunie, plus forte, mille fois plus forte que lui devant ce qui venait ? Ce qu'elle avait à dire elle ne l'avait pas encore dit, mais il savait qu'il n'en serait pas surpris, et avant même qu'elle ait parlé il sut qu'aussi longtemps qu'il vivrait il se souviendrait, que chaque jour il aurait devant les yeux l'image de la petite femme dans sa robe blanche, s'essayant dans un effort de tout le corps, de toute la pensée, à dire ce qu'elle avait à dire, avec courage, s'arrêtant puis recommençant, poursuivant, tandis qu'elle tenait toujours à la main la chandelle qu'elle avait allumée pour descendre, le visage et les paupières creusés par la lumière tremblante, les insomnies, plus bas sur la joue, enserrant les lèvres, il voyait l'ombre épaisse des fatigues.

Maintenant il y avait autre chose qu'elle voulait dire. C'était plus difficile mais peut-être pourrait-il comprendre, car ce n'était ni paroles en l'air ni folie ni outrecuidance, mais quelque chose à quoi elle avait longuement réfléchi. Elle était une vieille femme et sa servante, et c'était avec l'idée d'être utile qu'elle était venue le trouver. Elle parlait à petites phrases et le souffle court, s'arrêtait, aspirait une longue gorgée d'air, nue, invisible dans l'épaisseur des toiles, immobile contre la porte, c'est à peine si elle avait bougé d'un pas depuis qu'elle était entrée, intimidée comme une étrangère devant une demeure inconnue puis, d'un trait comme on dévide la dernière longueur d'un écheveau, fermant les yeux, elle dit le reste.

C'était pour le cas où il aurait encore besoin d'elle, après, plus tard, dit-elle. Quand elle n'y serait plus. Oui quand elle serait morte reprit-elle et la voix s'affermit, quand elle serait morte peut-être encore une fois, une dernière fois, pourrait-elle être utile à quelque chose ? Elle bougea, imperceptiblement, dut avancer ou vouloir avancer une jambe sous la robe de grosse étoffe, la même épaisse et lourde toile que celle avec laquelle elle confectionnait pour eux les draps et les torchons, elle dut vouloir avancer vers le centre de la cuisine, vers sa place à elle près de la table où elle préparait et servait leurs repas, ce fut comme si sous l'ampleur austère de l'habit de nuit le mouvement peu à peu revenait tandis que maintenant elle le regardait dans les yeux, elle était sa servante dit-elle, et dévouée jusqu'au dernier jour, elle connaissait son intérêt pour l'étude et les dessins, elle les avait vus et savait ce qu'il en était, elle pensait que, enfin ces derniers temps elle s'était dit qu'une fois morte elle serait peut-être plus utile que de son vivant, peut-être aurait-il encore besoin d'elle à ce moment-là, c'est ce qu'elle voulait dire.

Elle marchait, pressant contre elle des deux mains l'étoffe de la chemise, allant et venant à travers la cuisine, parlait, parlait, avait-elle dans la somme des jours de sa vie jamais eu à prononcer tant de mots ? Il pensa qu'elle ne pourrait plus s'arrêter, qu'elle allait continuer sur sa lancée, cette nuit et toutes celles qui viendraient, elle s'était tue trop longtemps, elle parlerait à en mourir, elle mourrait de parler, là devant lui dans cette cuisine qui était sa maison à elle, avec ses murs de brique claire et les fenêtres par où le soir elle contemplait les falaises, et pourtant quand elle parlait c'était comme si le silence continuait, comme si de toutes ses forces elle tendait vers le silence, vers l'obscurité, vers cet endroit et ce moment où elle redeviendrait seule, inconnue, calmement désespérée.

Et n'était-il pas lui déjà en train de lui répondre ? à se taire, à ne faire que la regarder n'était-il pas en train d'acquiescer à sa demande, à cette prière dont soir après soir dans son galetas elle avait eu l'idée, elle qui n'avait jamais rien quémandé, ni étoffe pour les habits ni manteau de drap, ni le moindre jour de repos en dehors des dimanches et des journées de fête, ni quoi que ce fût d'autre, il ne disait rien, ne pouvait rien dire, il la regardait aller et venir à travers la cuisine, se demandait quand et de quelle manière l'idée lui était venue, et puis l'idée étant venue, à quel moment elle s'était mis en tête de lui en parler, comment jour après jour, nuit après nuit, l'idée avait fait son chemin, jusqu'à ce jour, cette nuit où elle avait eu le courage de descendre puis une fois descendue d'aller jusqu'au bout, de parler, de confier l'idée, l'incroyable demande, comme parfois – et la vie est déjà presque achevée – dans un ultime effort on jette ce qui finit par trop peser, oui quand et comment avait-elle conçu puis nourri l'idée, quel soir, quel matin s'était-elle dit qu'elle viendrait le trouver et lui parlerait comme elle était en train de le faire. Il se rappelait les mouvements vers lui vite détournés, comme les regards qui soudain coulaient entre les paupières, les silences qui suivaient, l'âcre, le revêche besoin de se taire.

Elle avança vers son tabouret et s'assit à la place habituelle, le feu était éteint et c'est à peine si maintenant il pouvait la voir, seule émergeait de l'ombre la robe blanche et parfois quand elle se tournait vers lui une pommette ou le bout d'une natte, la sorte de boucle pâle, presque nacrée que faisaient les cheveux sortis de la tresse. Elle croisait les mains sur ses genoux, il la retrouvait, la reconnaissait, ce qu'elle pensait elle n'avait jamais eu besoin de le dire, ni l'étonnement ni le désarroi ni même la réprobation, c'était maintenant comme si à son tour il le pensait, comme si venue de très loin, l'idée tourmentée qui un soir était apparue dans la vie de la vieille femme avait fait son chemin jusqu'à lui. Il pensait aux morts des hospices de Rome et de Milan, aux ventres ouverts, aux dessins qui jonchaient les tables, emplissaient les carnets et les grands folios, aux hommes nus qui sur les tables pénétraient d'invisibles femmes, des hommes aux yeux clairs et aux sexes glorieux qui pénétraient des femmes au visage invisible, seuls étaient figurés les ventres et les matrices pénétrées, fécondées, hommes, femmes invisibles pénétrées à n'en plus finir. Il l'imaginait en train de se parer pour mourir, se lavant, se coiffant, mettant la plus belle robe de nuit, la moins terne, la moins usée, celle dont l'empois ennoblirait encore les plis, s'apprêtant comme elle se serait apprêtée pour des noces, il l'imaginait offerte, soumise, il pensait à la soumission. Oui si elle mourait, si maintenant au milieu d'eux elle passait de vie à trépas, et si bien sûr c'était ce qu'il voulait, il pourrait faire comme il l'entendait, faire avec elle comme il avait fait avec les autres, ceux à qui elle ressemblait, il savait bien.

Près des écuries ils entendirent la chevêche, puis derrière les remises un chien aboya. Du côté d'Artigny contre les derniers peupliers le ciel pâlit et le vent se leva, chassant les feuilles au travers des terrasses. Le matin serait clair, sans nuages et sans brumes, un clair matin de novembre. Il la regardait, il la voyait dans le bas du pré avec l'âne et l'idiot, et remonter les allées les jours de matin clair, le lendemain leur tourner le dos dans ses vacarmes de ferrailles et de chaudrons, les ignorer pour plusieurs jours puis dans le bruissement de ses jupes s'avancer vers lui, et avec un sourire très doux lui tendre une pomme cuite ou un verre de clairet.

Car ne leur ressemblait-elle pas (elle le regardait, ne cessait plus de le regarder, même quand elle reprenait son souffle et s'arrêtait de parler elle le regardait encore), ne ressemblait-elle pas à ceux qu'il avait ouverts dans le fond des caves et contemplés des nuits entières, vieillards, enfants ou femmes mortes en couches, morts chez personne et sans personne qui soit venu ou viendrait un jour les réclamer, ignorés de tous et livrés à la solitude des hospices puis à celle des cimetières, soumis pour la dernière fois et sans plus d'importance que vaches noyées dans les fossés quand crevaient les étangs. N'avaient-ils pas cela en commun, c'est ce qu'elle voulait dire, eux et elle qui ici même le servait, qui ne connaissait et n'avait jamais connu personne, n'avait connu de la vie que celle des autres, avait vu les autres vivre et aimer, séduire, pleurer, chaque jour avait lavé, nettoyé en leur nom les marques de la vie et les linges souillés sans vergogne, la nuit les avait entendus mourir dans d'autres bras et le jour renaître dans des soies éclatantes et chamarrées puis attendre à nouveau regards et caresses ainsi que les mots qui les feraient tenir jusqu'au soir où sous les courtines une fois encore tout recommencerait de la vie et de la mort. Elle qui pour d'autres raisons attendait la nuit, l'hébétude et les sommeils profonds. Sans même les regarder les voyait. D'eux et de leurs histoires savait tout ce qu'il y avait à savoir. Son corps elle le donnait, elle l'offrait, une dernière fois il étudierait comment était faite une femme qui avait peiné et vieillissait, une femme habituée à ne plus attendre ni espérer si ce n'est la fin des choses et qui à force de ressasser les mêmes pesants et tristes souvenirs n'avait même plus la peur de mourir, il ne ferait pas attention à la fatigue et à la vieillesse, il la verrait misérable et les cheveux défaits, dans la lumière des chandelles qui brûleraient jusqu'au matin comme elles brûlaient cette nuit dans la cuisine, il ne faudrait pas y prêter attention, qui donc l'aurait coiffée et parée comme on pare les morts ? Oui dit-elle, qu'avait-elle à faire de pourrir dans un cimetière, ce qu'elle disait n'était pas blasphème et Dieu saurait comprendre. Puis quand elle eut fini de parler, quand elle eut dit le dernier mot et qu'elle sut qu'aucun autre ne viendrait, ne pourrait venir, doucement elle se mit à pleurer.

Ils se taisaient, ils se turent longtemps, quand il se tourna vers la fenêtre il vit le ciel blanc derrière les terrasses, elle était assise sur son tabouret et baissait le visage. Elle n'avait pas bougé mais il perçut un mouvement, quelque chose qui venant d'elle, dans un bruissement imperceptible, déplaça l'air autour d'eux. Le cœur devait battre fort, une dernière émotion, une parole qui restait à dire et ne le serait pas. Puis l'espace se referma sur eux comme l'eau sur la poupe des sapines qui descendaient le fleuve. L'immobilité et l'épaisseur du silence. Plus rien ne bougeait, déplacé ou simplement froissé. Un chat leva la tête puis se rendormit, la mâchoire étirée tout du long sur une patte. Un moment un nuage découvrit le soleil, une lumière pénétra dans la cuisine, ni blonde ni grise, toucha le bois de la table et le sol autour d'eux, plus loin un coq chanta. Il l'entendit respirer, calmement. Elle regarda le ciel en haut des fenêtres, blanc avec du côté de l'ouest des nuages clairs ourlés de sombre, au-dessus des masses grises et plombées, soudées à l'horizon, elle resta ainsi un long moment, et dit qu'il allait pleuvoir. Des coteaux descendaient les premiers bruits de la journée, les attelages et le pas des mules sur le chemin des falaises, la vie reprenait. Elle le regarda et sourit, lui demanda s'il voulait son café maintenant.

Il plut chaque matin chaque après-midi, tout novembre le ciel creva en poches d'eau, de sourdes giboulées comme celles qui au printemps balayaient le ciel, il plut jusqu'aux Avents, le fleuve grossissait, elle disait qu'il allait prendre l'île et le quartier du Bout-des-Ponts. Ils réparaient les chéneaux de descente, colmataient trémies et lucarnes, l'eau coulait sur les murs, ils épongeaient les murs, les fenêtres couvertes de buée. Ils restaient enfermés dans le fond des salles, entendaient l'eau s'acharner sur les toits, et parfois une sorte d'orage, de tempête lourde et tiède du côté de la Sologne. Quand la pluie redoublait ils parlaient fort, criaient et répétaient puis sans plus rien dire se regardaient, se taisaient tout le temps qui restait. Les chiens aboyaient contre les portes. C'est ainsi que l'hiver arriva. Le deuxième et dernier hiver.

En apparence rien n'était changé, elle allait et venait dans la maison, affairée comme à son habitude, mais plus vive, maladroite et se cognant aux coffres et au bois des lits, dans une foulée trop brusque elle prenait ses jupes dans la poignée d'une porte et d'un trait les déchirait, toute une semaine restait sans parler ni même les regarder, ils la voyaient tourner autour de l'âtre où elle tisonnait à n'en plus finir, étalait les braises sous les marmites, dans une sorte d'ultime et longue débâcle impatiemment débarrassait la table des épluchures et des verres vides, passait un chiffon, mettait le couvert. Fatiguée elle devait l'être, et avoir du mal à trouver le sommeil, assise devant la cheminée elle soupait de son lait caillé et de sa bouillie d'avoine, traits tirés et paupières grises, regardant plus que jamais par les fenêtres, regardant au-dehors, proclamant de toutes ses forces et en silence que le monde était ailleurs. Il la revoyait debout contre la porte dans sa robe blanche, droite et frêle et si longtemps immobile. Il pensait au temps qui restait, se demandait qui d'elle ou de lui mourrait le premier. C'était comme s'ils attendaient, quoi ils ne savaient pas vraiment, ce qu'ils savaient c'est que quelque chose venait. Les élèves se taisaient, il se disait qu'ils comprenaient.

Quand il s'arrêtait de pleuvoir elle montait sur la falaise. Après les dernières maisons ils la voyaient prendre le sentier, reprendre souffle sur une pierre ou un tronc d'arbre, elle s'arrêtait un moment, regardait les toits gris, la ligne sombre des forêts plus loin du côté de Pont-Levoy, et les jours de vent d'ouest les ardoises de Trélazé remonter le fleuve, tartanes bises, grandes voiles carrées comme les caravelles lorsqu'elles naviguaient vent derrière. Elle ne tardait guère, bientôt ils la voyaient redescendre à petits pas tenant d'une main sa coiffe, ses jupes que le vent emportait. Elle s'arrêtait, une dernière fois elle regardait le fleuve vers la mer. Quand elle revenait elle allait vers la cheminée, soulevait un couvercle, murmurait quelque chose qu'ils ne comprenaient pas, sortait la nappe, disposait les écuelles, l'eau, le vin, le pain. Bientôt elle les servait.

Devant le porche un soir ils virent un homme sur sa mule, il descendait des falaises et avait dû arriver par le coteau, du côté des premières forêts, il était resté sous la voûte son bonnet à la main. Puis ils avaient vu Battista partir vers la cuisine, en revenir avec elle. Ils s'étaient parlés un instant, l'homme qui en la voyant était descendu de sa mule et elle qui s'essuyait encore les mains à son tablier, le regardant lui l'homme qui parlait, racontait à voix basse ce pour quoi il était venu, puis regardant la maison, les terrasses comme si elle ne les avait jamais vues, les regardant eux qui traversaient la cour et gagnaient par la galerie les chambres, pour finir baissant les yeux et prenant congé de lui, ou plutôt le congédiant, lui faisant comprendre qu'il était temps qu'il retournât d'où il était venu. Le remerciant pour la peine, et tout le voyage jusqu'ici.

Le lendemain les pluies reprirent, ils entendirent le vent et l'eau en rafales sur les vitres, les grondements dans la cheminée, elle était accroupie devant le foyer et tournait la broche, il voyait le dos et la nuque fatiguée et le bas des jupes qui traînait dans les cendres et les poussières d'écorce.

Sans se retourner elle dit qu'il lui fallait partir. Que demain lundi, s'il voulait bien, elle partirait. Elle ne tarderait pas, ce serait l'affaire de quelques jours, elle demandait juste qu'il lui accordât le temps d'aller et revenir, elle serait de retour dans trois jours, quatre peut-être, pas davantage. Elle avait, dit-elle encore, nettoyé la maison et préparé à manger pour le temps de son absence, rempli les chaudrons et les plats dans le cellier, ils n'auraient pour leur dîner et leur souper qu'à faire réchauffer lentement sur les dernières braises, pour finir le matin même elle avait pétri et travaillé la fleur de farine et mis les pains au four. Ils ne se souvenaient pas de l'avoir entendue monter dans son galetas, plus tard quand ils y pensèrent ils se dirent qu'elle n'avait pas dormi, qu'elle avait passé la nuit dans la cuisine et n'était montée là-haut qu'au petit matin pour rassembler à la hâte les affaires qu'elle emportait avec elle et s'en aller. Le fils était mort dit-elle. Elle serait de retour sitôt qu'elle l'aurait enterré.

Elle n'avait pas voulu qu'ils la conduisent. Pas même dit où elle allait, passé le porche elle s'était retournée et les avait regardés, ils avaient entendu matines sonner à Notre-Dame-des-Grèves et à Saint-Denis puis l'avaient vue s'éloigner avec son baluchon de toile brune, sa cape de vieille laine sur la robe des dimanches, la toque de chèvre et les bottines qu'il avait données. Il pleuvait, vite et à petits pas elle avait suivi le coteau, longé le fleuve du côté de l'est, ils ignoraient où elle allait, tout ce qu'ils savaient c'est qu'elle allait vers les vallées, pas très loin avait-elle dit, et qu'elle serait de retour dans deux jours ou trois, quatre tout au plus, le temps d'enterrer le fils.

Ils l'attendirent. Tout décembre et le commencement de janvier. Puis le froid revint, d'un coup prit la campagne et le fleuve, le ciel bleuit, il regardait le ciel, le bleu limpide du ciel d'hiver.

Un matin il demanda qu'on sellât son cheval et sortit. Le fleuve coulait rapide, transparent, immobiles les mouettes glissaient sur le courant en bandes serrées, la pierre blanche d'un clocher brillait dans le soleil, dans le ciel bleu d'hiver, le cheval trottait doucement, par-dessus la vie par-dessus la mort, sur l'autre rive il vit une charrette tirée par des bœufs et derrière un enfant sur son âne, plus loin encore des chiens qui se poursuivaient en aboyant.

C'est en février, un peu avant Carême qu'ils apprirent la nouvelle du serrurier qui l'hiver passait dans les forêts. Il l'avait rencontrée sur la route de Souvigny, c'était une fin d'après-midi et il faisait froid, un vent du nord qui avait pris après les pluies, il avait remarqué le pas fatigué, la jambe qui traînait, le chien aussi, une femme sur l'âge et un chien ça n'était pas habituel sur ces routes, ils avaient parlé, elle avait dit qu'elle allait vers le fleuve et qu'elle regagnait la maison du maître, elle avait voulu éviter la forêt, elle craignait la forêt et même les simples bois avait-elle dit, alors elle avait fait tout un détour par les vallées, elle avait marché plus qu'il n'aurait fallu, d'elle c'est tout ce qu'elle avait dit, et puis elle avait parlé du chien, elle ne le connaissait pas et ignorait d'où il venait, aux vallées après les dernières maisons il s'était mis à marcher derrière elle, le soir elle l'avait chassé mais le lendemain il était revenu, il avait dû prendre à travers bois, il l'avait retrouvée quand elle quittait les fermes des vignes, à nouveau il avait marché derrière elle, à l'écart, plus loin sur le talus comme pour se rendre invisible, elle l'avait gardé, que faire d'autre disait-elle, ils se tenaient compagnie, elle parlait lentement, à voix basse, ensemble le soir ils s'arrêtaient dans les granges et mangeaient le pain qu'elle tirait de sa poche et trempait dans le lait qu'on leur donnait après avoir trait la vache, elle faisait excuse pour l'embarras disait-elle mais ils ne dérangeraient pas, à l'aube ils seraient partis, ils respiraient l'odeur des fermes, dormaient l'un contre l'autre dans la paille ou le foin des granges, à l'aube ils s'en allaient, elle dans sa pèlerine de vieille laine, frêle si frêle que c'est à peine si on la voyait dans la longueur des plis, et lui avec ses odeurs de chien mouillé qui trottait à n'en plus finir derrière elle. Quand le serrurier avait demandé pourquoi elle faisait tout ce chemin à pied et ne montait pas dans une des charrettes qui descendaient vers le fleuve, elle avait dit que ça n'était pas la première fois et qu'elle savait ce que c'était que marcher. Elle baissait les yeux quand elle parlait, il avait remarqué les bottines de beau cuir, et la boue sur le bas des jupes, les mains rouges de froid, crevassées, le collier de perles. À Artigny il était parti vers la forêt. Elle avait dit qu'elle irait trouver le passeur après les vignes, elle lui demanderait de la descendre jusqu'aux premières falaises, de là avait-elle dit elle longerait le fleuve et serait chez le maître avant la nuit.

Le reste, il l'avait appris de ceux d'Artigny quand il était repassé. C'est le chien dit-il, qui avait attiré l'attention, il avait commencé d'aboyer autour de minuit, et puis il avait continué, il avait aboyé toute la nuit, ils avaient entendu le chien jusqu'aux vallées et bien après les vignes vers le fleuve, le chien hurlant contre elle dans la nuit noire, le froid âpre, le chien aboyant la mort, et pire que la mort avaient dit ceux des fermes. Le chien inconnu qu'elle avait nourri chaque jour depuis qu'elle l'avait rencontré et qui toute une longue nuit, la dernière, la gardait sur le talus des vignes, immobile puis tournant autour d'elle, gémissant, hurlant à n'en plus finir vers le ciel, vers les profondeurs de la terre ou la forêt effrayante, hurlant la nuit, hurlant la mort, tandis que la pluie s'était mise à tomber à gouttes serrées, aigres et froides, la pluie des mauvais jours, des mauvaises idées, quand tout pour toujours était fini.

Depuis les fermes ils étaient arrivés avec les chandelles, avaient regardé la femme en train de mourir sur le talus dans sa pèlerine et ses bottines mouillées dont la semelle arrachée sur toute une longueur découvrait la peau rouge, violette, boursouflée comme le cuir, les bottines de belle peau qu'il lui avait offertes l'année d'avant et qu'elle n'avait plus quittées même aux grandes chaleurs. Ils l'avaient regardée mourir dans ses jupes grises mouillées, la main sur le collier de perles, tranquille, discrète, c'est ce qu'ils s'étaient dit, comme si jusqu'au dernier moment elle avait craint de déranger, ils avaient même l'impression qu'elle souriait.

Une brume montait du fleuve, froide, pénétrante comme une pluie, vers cinq heures le soir la fièvre le prenait. Il demandait sa pelisse pour mettre sur les genoux, ou bien qu'on descendît un lit de toile et restait dans la cuisine à suer ses fièvres près du feu. Il regardait par les fenêtres quand la brume se levait, il disait que la brume se levait, il regardait le soleil éclairer les falaises puis disparaître. Il entendait les chevaux dans l'écurie et plus loin sur le coteau les chiens aboyer. Il voyait de grandes jupes dans leurs plis, et l'ombre dans les plis, et parfois une lumière plus haut sur le corsage et le bras. Des mains et des mains. Des nuques pâles sous la coiffe, une natte grise qui tombait dans le dos. Il demandait qu'on lui portât du papier, il essayait encore de dessiner, mais la main n'obéissait plus. Il voyait un ange aux yeux clairs, agenouillé près du Christ dans ses plis diaprés, il se détournait et regardait quelque chose, quelqu'un que l'on ne pouvait voir, regard humide et paupières doucement renflées des enfants qu'on tire du sommeil. Tout parfois avait été si magnifique et mourir n'avait plus d'importance.

Il demanda qu'on appelât le notaire, et un peu avant avril mit de l'ordre dans ses affaires. À l'élève Salaï il donna les vignes de la porte Vercellina qu'il tenait de Sforza, à l'élève Melzi les carnets et les dessins, des milliers. À Fanfoïa les meubles des maisons d'Empoli. À Battista le serviteur le manteau de drap noir. La mort n'était pas grand-chose, elle en parlait chaque jour quand elle s'asseyait près des fenêtres. Il se dit qu'il attendrait le ciel bleu pour mourir. Que bientôt le ciel serait bleu.

*Baule, mars 1996-décembre 1997*

## VERDIER/POCHE

*Les décisions doctrinales du Grand Sanhédrin réuni sous les auspices de Napoléon le Grand*

*Le Dit de Hôgen – Le Dit de Heiji*

*Le Dit des Heiké*

*Le Dit de Heichû*

JACOB BEN ISAAC ACHKENAZI DE JANOW
*Le Commentaire sur la Torah*

MOHAMMAD ALI AMIR-MOEZZI
*Le Guide divin dans le shi'isme originel*

PHILIPPE ARTIÈRES ET DOMINIQUE KALIFA
*Vidal, le tueur de femmes. Une biographie sociale*

PAUL AUDI
*L'Affaire Nietzsche*
*Analyse du sentiment intérieur*
*Créer. Introduction à l'est/éthique*
*Rousseau : une philosophie de l'âme*

BASHÔ
*Friches*

JOSÉ BERGAMÍN
*La Solitude sonore du toreo*

PIERRE BERGOUNIOUX
*Les Forges de Syam*

DOMINIQUE BLANC ET DANIEL FABRE
*Le Brigand de Cavanac. Le fait divers, le roman, l'histoire*

JEAN BOLLACK
*Parménide. De l'étant au monde*

FRANÇOIS BON
*Paysage fer*

GIUSEPPE BONAVIRI
*Le murmure des oliviers*

DAVID BOSC
*La Claire Fontaine*

PATRICK BOUCHERON
*Léonard et Machiavel*

PIERRE BRUNEL
*Ce sans-cœur de Rimbaud*

VARLAM CHALAMOV
*Les Années vingt*
*Correspondance avec Alexandre Soljenitsyne et Nadejda Mandelstam*
*Récits de la Kolyma* (extraits)

BÉATRICE COMMENGÉ
*La Danse de Nietzsche*

DIDIER DAENINCKX
*Cannibale – Le Retour d'Ataï*

SILVIO D'ARZO
*Maison des autres – Un moment comme ça*

MIGUEL DELIBES
*Cinq heures avec Mario*
*Les Saints Innocents*

MICHÈLE DESBORDES
*La Robe bleue*
*La Demande*

IOURI DOMBROVSKI
*Le singe vient réclamer son crâne*

Josy Eisenberg
et Adin Steinsaltz
*Le Chandelier d'or. Les fêtes juives dans l'enseignement de Rabbi Chnéour Zalman de Lady*

Benjamin Fondane
*Écrits pour le cinéma*
*Le Mal des fantômes*

Armand Gatti
*Le Poisson noir – Un homme seul*

Carlo Ginzburg
*Le Juge et l'Historien. Considérations en marge du procès Sofri*
*Mythes emblèmes traces. Morphologie et histoire*

Benoît Goetz
*La Dislocation. Architecture et philosophie*

Nikolaï Gogol
*Les Âmes mortes*

Hâfez de Chiraz
*Le Divân*

Rabbi Haïm de Volozine
*L'Âme de la vie*

Jean-Baptiste Harang
*Prenez un coq*

Hugo von Hofmannsthal
*Le Lien d'ombre*
*Jedermann*

Youssef Ishaghpour
*La Miniature persane. Les couleurs de la lumière : le miroir et le jardin*
*Le Cinéma. Histoire et théorie*

Sigismund Krzyzanowski
*Le Club des tueurs de lettres*

Jacques Laurans
*Pierre Soulages, trois lumières*

Annie Le Brun
*Appel d'air*

Alain Lercher
*Les Fantômes d'Oradour*

Benny Lévy
*Lévinas. Dieu et la philosophie*
*L'*Alcibiade. *Introduction à la lecture de Platon*
*Le* Phédon. *Philosopher en présence de la mort*

Julio Llamazares
*Lune de loups*
*La Pluie jaune*

Maïmonide, Rachi, Rabbénou Yona, le Maharal de Prague, Rabbi Haïm de Volozine
*Commentaires du* Traité des Pères

Jean-Yves Masson
*Hofmannsthal. Renoncement et métamorphose*
*L'Isolement*

Maurice Merleau-Ponty
*Le Primat de la perception*

Henri Meschonnic
*Célébration de la poésie*
*Critique du rythme*
*Poétique du traduire*

Jules Michelet
*La France devant l'Europe*

Pierre Michon
*Dieu ne finit pas*
*L'Empereur d'Occident*
*Fie-toi à ce signe*
*Je veux me divertir*
*Le Roi du bois*
*Vie de Joseph Roulin*

Jean-Claude Milner
*L'Amour de la langue*
*De l'école*
*Les Noms indistincts*
*Le Périple structural. Figures et paradigme*

Jean-Claude Milner et François Regnault
*Dire le vers*

Alain Montcouquiol
*Recouvre-le de lumière*

Stéphane Mosès
*Système et révélation. La philosophie de Franz Rosenzweig*

Nahmanide
*La Dispute de Barcelone*

Jan Patočka
*Essais hérétiques. Sur la philosophie de l'histoire*

Mathieu Riboulet
*Quelqu'un s'approche*
*Le Regard de la source*

Jean-Pierre Richard
*Nausée de Céline*
*Chemins de Michon*

Mario Rigoni Stern
*Histoire de Tönle*

Rainer Maria Rilke
*Chant éloigné*
*Requiem*

Olivier Rolin
*Sibérie*

Judith Schlanger
*La Mémoire des œuvres*

Gershom Scholem
*Sabbataï Tsevi. Le Messie mystique (1626-1676)*

Annemarie Schwarzenbach
*Nouvelle lyrique*

Richard Sennett
*La Conscience de l'œil. Urbanisme et société*

Pierre Silvain
*Julien Letrouvé colporteur*

Bernard Simeone
*Cavatine*

Giani Stuparich
*L'Île*

Giacomo Todeschini
*Richesse franciscaine. De la pauvreté volontaire à la société de marché*

Vladimir Toporov
*Apologie de Pluchkine. De la dimension humaine des choses*
*L'Espace négatif de Krzyzanowski*

Emmanuel Venet
*Ferdière, psychiatre d'Antonin Artaud*
*Marcher droit, tourner en rond*

Gérard Wajcman
*L'Objet du siècle*

Guy Walter
*Un jour en moins*

William Butler Yeats
*Derniers poèmes*

Cet ouvrage a été achevé d'imprimer en septembre 2019
dans les ateliers de Normandie Roto Impression S.A.S.
61250 Lonrai
N° d'imprimeur : 1903220
Dépôt légal : septembre 2019

*Imprimé en France*